口入屋用心棒

荒南風の海

鈴木英治

双葉文庫

目次

荒南風《あらはえ》の海　口入屋用心棒

第一章

一

はたきをかける音がきこえた。
眠りが浅くなった。
誰が掃除をしているのだろう。
感心といえば感心だが、まだはやいのではないか。
堀田《ほった》備中守《びっちゅうのかみ》正朝《まさとも》は目をあけた。
はたきと思った音は、廊下を渡る足音だった。すでにだいぶ近づいてきている。
長い廊下をもどかしげに早足で進んでいる。
なにかあったのか。

堀田備中守正朝は上体を起こした。まだ部屋のなかはじっとりと暗いが、どこからか忍びこんできた光で天井や壁がうっすらと見えている。

もう夜は明けたか。

朝夕に秋の気配が感じられるようになったとはいうものの、さすがにまだ夏のことで、朝の訪れははやい。

なにかあったとすれば、やはり沼里《ぬまざと》であろう。

正朝はすばやく立ちあがった。そばに女は置いていない。居城のある佐倉《さくら》でくつろいでいるときならともかく、老中の役宅にいるときは、滅多に女を置くことはない。

わしにはあれで十分よ。

正朝は振り向いた。床の間にさがる墨絵の美人画に、目が引きつけられる。妖艶なほほえみを見せている。しなをつくった姿もなまめかしい。

ふむ、よいおなごじゃ。

歳を忘れて、下腹が熱くなりそうだ。だが、今はそんなときではない。

廊下を渡る足音がとまった。

最初に足音がきこえてから、かなりのときがかかった。もう少し近い部屋を寝《しん》所《じょ》にしたほうがいいかもしれない。

「殿」

松や杉にさまざまな鳥が遊びまわっている絵が描かれている襖《ふすま》越しに、声がかけられる。

正朝は襖の引手に指をかけ、かすかに力をこめた。氷の上を行くように、襖が音もなく滑ってゆく。

部屋より廊下のほうが明るかった。庭のある東側から、洞窟を抜けるように白い光が届いている。涼しさを帯びた新鮮な大気が流れこんできた。

家臣は両手を廊下について、正朝の言葉をじっと待っていた。

正朝は、家臣の頭と背中を見おろした。鬢《びん》に白髪がある。苦労をかけているのだろうか。

「どうした」

「これが早飛脚《はやびきゃく》にて、たったいま届きましてございます」

両手で文を差しだしてきた。

「誰からだ」

「差しだした者の名はございませぬが、駿州《すんしゅう》沼里よりの文にございます。沼里よりの文は、すべて通すようにとのお達しにございますゆえ」

「うむ、そうであったな」

軽くうなずいてから、手に取った。

「下がってよい」

正朝はくるりときびすを返した。

「失礼いたします」

襖が閉まりかける。

「そのままでよい」

「はっ」

家臣が襖をあけたままにして、廊下を去っていった。

正朝は畳にあぐらをかいた。脇息《きょうそく》にもたれて、文をひらく。

女文字が目に飛びこんできた。文は久実《ひさみ》からだった。久実は、家臣の滝上弘之《たきがみこうの》助《すけ》とともに沼里へ行った女忍びである。

正朝はさっそく文を読んだ。

——なんだと。

眉をきゅっと寄せた。そうではない。自然に寄っていた。

正朝は瞳に炎を宿した。文に火がつき、めらめらと燃えだすのではないか、と思えるほどじっと見る。

ふむう、信じられぬ。

久実の文には、滝上弘之助が討たれ、島丘伸之丞《しまおかしんのじょう》がつかまったと記されていた。

弘之助が討たれただと。そんなことがあるものなのか。あの男を討てる者がこの世にいるのか。

いるとしたら、いったい誰だ。湯瀬直之進《ゆせなおのしん》か。倉田佐之助《くらたさのすけ》か。それとも、二人が力を合わせたのか。

今さらそんなことを考えても、詮《せん》ないことだ。弘之助が生き返るわけではないし、伸之丞を取り戻すこともかなわない。

前を見なければならぬ。

だが、気分はどうしようもなく重くなる。気持ちは真っ逆さまに落ちこんでゆく。

最悪の結果よな。

正朝は、ぎりと唇を嚙み締めた。

もし伸之丞が沼里から江戸に連れてこられ、幕府の要人たちの前で、これまでしてきたことをぺらぺらとしゃべったら、いったいどうなることか。考えるまでもなかった。待っているのは身の破滅だ。誰が許しても、将軍が決して許すまい。

命があればいいほうだ。家は取り潰され、我が身はどこかの大名家に預けとなり、余生をひっそりと名も知らぬ田舎ですごす。

冗談ではない。

正朝はさらに文を読み進めた。

伸之丞の護送には、どうやら千石船がつかわれるのではないか、と久実は知らせてきていた。このあたりはさすがによく調べている。

船か。手を打たねばならぬ。それにはどうしたらよいか。

「木刀を持て」

誰にともなく声を発した。

「――はっ、ただいま」

あいている襖から、失礼いたします、と辞儀をして家臣が入ってきた。木刀を手にしている。

そのはやさに、正朝は満悦だった。受け取った木刀を下げて廊下を歩き、沓脱《くつぬ》ぎのある濡縁《ぬれえん》から庭におりた。

欅《けやき》の大木の前で、木刀を正眼《せいがん》に構えた。上段にまで持っていき、気合をこめて振りおろした。

風を切る音が心地よい。だが、まだまだだ。本調子とはいえない。

正朝は四半刻ばかり、脇目もふらず、木刀を振ることに熱中した。

風を切る音は、これなら豆腐をすぱりとやれるのではないか、と思えるところまで鋭さを帯びた。

汗もたっぷりとかいた。おかげで、少しは気持ちが落ち着いた。

よいか、あわてることはない。

正朝は自らにいいきかせた。

わしは老中首座ぞ。この日の本の国に並びなき勢威を誇る者だ。どんなことがあろうとも、わしを脅かせる者など、この世にいるはずがない。

自信だ、自信を持て。これをなくしたら、わしは終わりぞ。

万が一のときのために、すでに十人の家臣を選抜してある。この程度のことでうろたえていては、いったいなんのために家臣を選んだのか、わからなくなってしまう。

十人はいずれも選り抜きの士だ。剣の腕は滝上弘之助には劣るが、すべて気が利《き》く者たちである。

この難局をきっと乗り越えるにちがいない。それだけの力を持つ者たちだ。

いや、この程度、難局でもなんでもない。やや風が強くなり、船がほんの少し揺れているにすぎない。

「力之介《りきのすけ》を呼べ」

正朝は、そばに犬のように控えている家臣に命じた。

「はっ、ただいま」

家臣が樹間を縫うように走り去る。

「相手をせい」

別の家臣を立ちあがらせる。家臣が木刀を持とうとするので、真剣にせい、と正朝はいった。

えっ、といいたげに家臣が目をみはる。家臣は脇差を差しているだけだ。

「その部屋にあるわしのを使え」

「はっ」

濡縁をあがって、家臣が正朝の刀を持ってきた。正朝の前に立ち、すらりと抜く。正眼に構えた。

「遠慮なくかかってこい」

はっ、と答えたものの、家臣は斬りかかってこない。

正朝は家臣を冷ややかに眺めた。

「木刀より真剣のほうが強いと思うておるのか。笑止ぞ。かの剣聖宮本武蔵もいざ決闘となれば、木刀をつかうことが多かったときく」

正朝は、そばにいる家臣全員にいった。小姓などの側近が二十人近くいる。全員が真摯な視線を正朝に向けていた。

「それは、木刀のほうが真剣より扱いが易《やす》いからだ。斬ると叩く、どちらが楽か、考えるまでもあるまい。しかも、木刀の人を殺傷する力といえば、すさまじいものがある。わしは、真剣より木刀のほうが戦いの場においては、利があると確信しておる」

誰もが納得した顔をしている。

「さあ、かかってまいれ」

正朝は、真剣を構えている家臣に声を放った。

家臣がうなずく。どうりゃあ。胸を震わせるような気合を発して、間合に飛びこんできた。ためらいなく真剣を振りおろしてくる。どのみち剣の腕で正朝に勝つことはできないことを熟知している。

正朝は木刀で刀をはねあげた。真剣を手にしていたなら、打ち返すことなど滅多にしない。

もし真剣なら刀の腹で弾き返すようにしないと、刃こぼれしてしまう。木刀はそんなことを考えずにすむ。

家臣の両腕は力なくあがり、腹ががら空《あ》きになった。木刀を叩きこむのは割箸を二つに割るより容易だったが、そこまでやれば死んでしまう。家臣を意味なく殺すのは、たわけのすることだ。

正朝は腹に打ちこむと見せて、木刀を寸前でとめた。ようやく手元に刀を引き戻そうとしていた家臣は、一寸ばかりを残してぴたりととまった木刀を見て、ほっとした顔を見せた。額には脂汗が浮いていた。

ちょうど側近の家臣に連れられて、井戸《いど》力之介が小走りにやってきた。

正朝は木刀を家臣に渡し、力之介がそばに来るのを待った。

ちょうど朝日が深川のほうからあがりはじめた。海に一条の光の筋が走り、波がきらきらと踊るように輝きはじめた。ときおり、鯔《ぼら》らしい魚が岸近くではねる。

鉄砲洲《てっぽうず》にやってきたのは、ずいぶんと久しぶりだ。

正朝は大気を存分に吸いこんだ。やはり潮の香りはいい。爽快な気分になる。しかも雲一つないというのは、最高の船出ではないか。

ぽちゃんぽちゃんと岸を打つ波の音がやさしい。海には、無数の小魚が群れをなして泳いでいた。

視線をあげると、たくさんの船が帆をおろして停泊しているのが眺められる。

そのなかで、一艘の船が今まさに船出をしようとしていた。太くて高い帆柱一杯に帆をふくらませつつある。帆はただの布ではなく、がっちりと縫い合わせてある。あれなら風をしっかりと受けとめることができるし、海水や雨を受けてもさして重くなることはないのではないか。

艫《とも》の近くには、旗印のようなものがひるがえっている。それには、廻船問屋の多丸屋《たまるや》の持ち船であることを示す『多』の文字が大きく記され、その下に星陽丸《せいようまる》と船名も入っていた。

星陽丸の帆が穏やかな風をはらんで、わずかに波立つ海面をゆっくりと滑りはじめた。

甲板に、正朝の家臣たちが勢ぞろいしている。正朝が選んだ十名の士だ。

力之介はまんなかにいた。

正朝はまともに朝日を浴びる側にいるが、力之介と目が合ったのがはっきりわかった。正朝は、頼んだぞ、とばかりに右手を高くあげた。

それに応えて、力之介が深々とこうべを垂れる。

正朝は、段々と遠ざかってゆく星陽丸を見つめた。

多丸屋が所有している船のなかで最も船足が速い船だけに、徐々に沖に出るにしたがって、速さが増してゆく。

風が強くなってきたこともあるのだろうが、帆自体も風をとらえるのに巧みな造りになっているのだろう。すでに満帆の状態になりつつあった。

あれだけ速ければ、さぞ気持ちよかろうな。

正朝も船は好きなだけに、乗りこんだ十人がうらやましかった。

日がのぼるにつれ、強くなってきた風の音を耳にしつつ岸にたたずんでいた。

正朝は水平の彼方《かなた》に見えなくなるまで、星陽丸を見送った。

二

さすがに、多丸屋の誇る快速船だけのことはある。

星陽丸は波を存分に切ってゆく。それはこの航海中、まったく変わらない。

船は順風でないと進まない、と井戸力之介は思っていたが、それは誤りだった。船は逆風でも進むすべを持っている。

「逆風を進むのは、間切り走りというんですぜ。横風を行くのは開き走り」

これは、潮焼けした年老いた水夫《かこ》が教えてくれた。この水夫は海に一生を捧げてきたような、気のよさげな顔つきをしており、この航海のあいだよく話をして、すっかり仲よくなっていた。

それと、帆柱が一本の木でないことも力之介には驚きだった。

「これは、松明柱《たいまつばしら》というんですよ」

水夫がいとおしむように帆柱をなでさすっていった。

「細い材木を集めて、たがをはめてあるんですよ」

たがは鉄でできていた。

「こいつはね、折りたたむことができるんですよ」

確かに、途中から細い木がはめこまれており、そこから折れるようになっていた。

「こうなっていると、帆がおろしやすいでしょう」

「まったくだな」

「嵐になれば、こいつは斧で切り倒すしかないんですけどね」

「ふーん、そうなのか」

力之介は赤ら顔の水夫を見つめた。

「嵐に遭ったことは」

「何度か」

「死ぬと思ったことは」

「いつもですよ。でも、不思議と死ななかった。だからもうあっしは海では死なないと決めているんですよ。またそのうち嵐に遭うんでしょうけど、あっしといれば、お侍、大丈夫ですからね」

水夫が、歯がいくつか欠けている口を大きくあけて笑った。

「この航海で嵐に遭うかもしれんのか」

「そりゃそうですよ。天気は神さまの機嫌一つで、ころっと変わっちまいますからねえ。今だってこうして晴れ渡っているけど、いつ荒れるかわかったもんじゃねえ」

「神さまの機嫌を損ねぬようにせぬとな」

「あっしはいつもそう思ってますけど、なかなかうまくいきませんぜ」

力之介は垣立《かきたつ》という手すりのようなものをつかみ、前方を眺めた。

「沼里にはいつ着く」

水夫が笑みを見せる。

「またそれですかい。もう何度もきかれましたよ」

「教えるのに、たいした労力はいらんだろう」

「それはそうなんですけどね。明日ですよ」

「明日のいつだ」

「順調にいけば、午前というところでしょう」

「待ち遠しいな」

「もう陸《おか》が恋しいんですかい」

「陸で生まれたものでな、地に足がついていないと、不安でならぬ」

「お侍は珍しいお方ですな」

「どうして」

「お侍はこれまで何人もお乗せしましたけど、どのお方も強がったり、見栄を張ったりでしたよ。そんな弱みを口にされる人はいませんでした」

「わしが弱いだけよ」

「弱みを見せられるお方のほうが、ずっと強いですよ」

この航海のあいだ、ずっといい風が吹いている。

「気持ちよいな」

「まったく。こんなに順調なのは、なかなかありませんぜ」

「そうか」

力之介は背後を振り返った。そこには胴の間の入口がある。

力之介は三十七歳にして、はじめて船に乗った。だから、楽しくてならない。寝る以外はほとんど甲板ですごしていた。

だが、配下として正朝から与えられた九人は、胴の間からまったく出てこようとしない。船酔いしているのだ。

どうして酔うのかな、船というのはこんなにおもしろいのに。

　だが、無理に出てこいとはいえない。船酔いに苦しんでいるといっても、逆の見方をすれば、英気を養っているともいえた。病や傷を治すとき、獣は占木のうろや、洞穴でじっとしているときいたことがある。

　つまりは、陸にあがったとき、役に立ってくれればいいのだ。

　力之介自身、家中では遣い手として名が通っているものの、滝上弘之助より腕はだいぶ劣る。

　弘之助を殺《や》った者とは決してやり合うな、と正朝からかたく命じられている。

「よいか、目的を完遂すること。それにすべての力を注げ。それ以外はどうでもよいことと知れ」

　楽な目的ではない。実際にできるのか、と思う。

　沼里では、久実という女が力を貸すといわれている。正朝によれば、忍びの女とのことだ。

　どんな女なのか。忍びの女などこの世にいること自体、知らなかったから、力之介は興味津々だ。

　わずかずつだが、波が荒くなってきた。今まで右手にずっと伊豆国が見えていたが、さらに荒々しい崖が見えはじめていた。船が右側に曲がりだしていた。

「お侍、あれが石廊崎ですよ。伊豆国の突端でさ」

「石廊崎というのか」

「ええ。ここをまわれば、もう駿河の海ですよ。沼里にはまちがいなく明日の午前には着きますぜ」

さすがにこの星陽丸は快速船だけのことはある。石廊崎があっという間にうしろにすぎ去ってゆく。

「実をいうと、このあたりは海の難所なんでさあ」

「ほう、そうなのか」

「お侍、あっちの陸が見えますかい」

水夫が正面を指さす。

「うむ、見える」

霧にかすんだようにうっすらとだが、陸らしい影が海の向こうに浮かんでいる。

「あそこが御前崎ですよ」

「御前崎か。国としてはどこになるんだ。駿河か」

「いえ、遠江《とおとうみ》ですよ。大井川の南にありますからね」

「ふむ、遠州か。それで、どうしてこのあたりが難所なんだ」

「あの御前崎と石廊崎を結ぶまっすぐな線、そこを行くことを、渡りというんですよ」

「渡りか。うん、それで」

「このあたりは潮の流れが速くて、ひどく入り組んでいるし、とても風が強いんで、転覆して沈んじまう船があとを絶たないんですよ」

「そいつは怖いな」

「だから、上方《かみがた》のほうからやってくる船で、腕に自信のない船頭は、御前崎をすぎたら舵《かじ》を切って、左に曲がるんです。駿河の海の岸沿いを行くんですよ」

「大まわりするのか。それはまた、ずいぶんときを無駄にするではないか」

「誰だって命は惜しいし、それに積み荷を失うよりずっといいですからね」

「沈んでしまったら、すべて終わりか」

「そういうこってすよ。確実に運ばなければならない荷を積んでいるときは、腕のいい船頭でも舵をぐいっと切りますよ。なんでもかんでも、早けりゃいいってことでもねえんで」

「この船の船頭はどうだ。安佐助《あさすけ》といったが」

「抜群の腕ですよ。急げといえばものすごく急げるし、こんな七百石積みではなくて、千五百石積みの船で確実に運べといわれれば、それもこなします。とにかく練達《れんたつ》の船乗りですよ、安心してください」

「そいつはよかった」

力之介は笑みを頬に浮かべた。

「しかし、千五百石積みなんて船があるんだな」

「お侍はなんでも驚いてくれて、話し甲斐《がい》がありますね。実際には二千石積みなんてのもありますからね」

「そいつはでかい。千石船の倍か。しかし、そのような大きな船は、法度《はっと》で禁じられているんじゃないのか」

「法度はあまり関係ないですね。それに、荷物をたくさん運ぶのには、どうしても船を大きくしなきゃいけないんですよ。つまりは、江戸の人たちの求めに応じただけってことですよ」

「ふむ、そういうことか」

「そういうことですよ」

船はいつしか駿河の海に入っていた。幾分、波が穏やかになった。

右手に、伊豆国の海岸が北に向かってずっと続いている。切り立った崖ばかりの険しい地勢だ。

「この先に沼里の湊《みなと》があります。渡りを避けた船でにぎわってますよ」

おっ、といきなり水夫が声をあげた。

「富士のお山ですぜ」

正面に青黒い肌をした富士山がそそり立っている。雪はまったくないが、その美しさに変わりはない。なにより、江戸で見ているのとは迫力がちがいすぎる。配下となった九人にも是非とも見せてやりたかったが、相変わらず胴の間を出てきそうになかった。

水夫が両手を合わせた。

「あの高貴な姿を目の当たりにすると、こういうふうにしないと、どうも気がおさまらないんでさあ」

なるほどな。

力之介も合掌し、航海の安全を祈った。

三

直之進たちが東海道を歩いたのは、ほんの三町足らずにすぎなかった。

唐丸籠《とうまるかご》の行列は東海道を外れ、左に曲がったからだ。

東海道は右のほうへと折れている。そのまままっすぐ進むと、沼里の浅間大社の前を通る。

唐丸籠を中心にして、直之進たちはきびきびと歩いている。一町ほど東に進んだところで、今度は右に曲がった。

いきなり南から強い風が吹きつけてきた。多くの鳥が飛び立つような音がして、土埃が舞いあがった。

直之進は一瞬、顔をそむけた。そばにいるおきくの着物の裾があがる。おきくがあわてて押さえる。

ここに琢ノ介《たくのすけ》がいたら、さぞ喜んだだろうが、あの男は沼里城にとどまっている。

「大丈夫か」

直之進は、風がおさまったのを見計らっておきくにたずねた。

「はい、もう大丈夫です」

おきくが少し気恥ずかしそうに答えた。頬が赤くなっている。

「今の時季、沼里ではあまり強い風は吹かぬのだが、今日はちと珍しいな」

「さようですか」

おきくがすまなそうにする。

「船に乗る人は縁起が悪いとおなごを忌み嫌うそうですが、やはり私は陸を行ったほうがよいのではないでしょうか。この風は、海の神さまが怒っていらっしゃるからではないでしょうか」

直之進は穏やかな笑みを浮かべて、首を振った。

「おきくさん、そんなことは気にする必要はない。迷信の類にすぎぬ。そんなことをいったら、船に乗る女の人はいなくなってしまうぞ。だが、実際にはいくらでも乗っている。東海道の熱田《あつた》神宮のそばにある熱田の渡しでは、そこから海上七里を行くそうだが、もし女の人が乗らなくなってしまったら、きっと商売あがったりで、船に乗り組んでいる者たちが困ろう」

「でも」

「大丈夫だ。なにがあろうと、この俺がおきくさんを必ず守る。だから、安心して乗ってくれ」

おきくが白い歯を見せてほほえむ。斜めに射しこむ朝日を浴びて、顔が輝いている。神々しさを覚えるほど美しい。

視線を感じた。

むっ。

直之進は刀の柄《つか》に手を置きかけたが、とどまった。

笑って見ているのは、唐丸籠に乗せられている島丘伸之丞だ。

後ろ手にがっちりと縛られ、足もきつく縄で縛《いまし》めをされている。唐丸籠の床に横たわっていた。

唐丸は鶤鶏とも書き、軍鶏がつり下げられるように手足を上に向けた状態で縛めをされ、運ばれることもあるが、そこまではせずともよかろう、と沼里のあるじで直之進の主君でもある又太郎《まったろう》の一言で、こういう運び方に決まったのだ。

ただし、途中で堀田正朝の手の者に襲われ、奪われるのならまだしも、無慈悲に口封じをされる恐れがあった。

だから、百人をはるかに超える家中の侍が護衛についていた。これも又太郎の命によるものだ。

「仲がよいではないか」

仲之丞は上目遣いに見ている。

「おい、湯瀬、もうやったのか。ずっと一緒にいたのだろうが」

直之進は唐丸籠に近づいた。

「今もおまえを狙って、鉄砲を構えた者がいるかもしれんのだぞ」

「怖がれ、とでもいいたいのか」

「口封じが怖くないのか」

「ああ、怖いさ」

だが、それは口だけだ。どういうわけか、仲之丞には余裕がある。余裕綽々《よゆうしゃくしゃく》といっていい。

なぜだ。

直之進はいぶかるしかない。

仲之丞は、ずっと沼里城の牢に入れられていた。直之進は一度、会ったか、そのときはひどくおびえていた。

それがどういう心境の変化なのか。どうしてこんな強気になれるのか。

牢のなかでなにかあったのか。だが、たった一人きりの牢だ。なにかあったとは、とても思えない。

牢にいるあいだ、伸之丞が人と接したのは牢番くらいのものだろう。その牢番になにか吹きこまれたのか。

だが、それも考えにくい。伸之丞が牢に入るに当たり、又太郎の命によってわざわざ新しい牢番が選ばれたのだから。

清廉潔白の士が新たな牢番になったのは紛れもなかった。

わからんな。

「なにをぶつぶついっている」

伸之丞がうそぶくようにいう。

「独り言をいうようになったら、おしまいぞ」

「おしまいはきさまだろう」

直之進は強い口調でいった。

「きさまは囚《とら》われ人だぞ。江戸に送られるが、そこで待っているのは紛れもなく死だ」

「それもよかろう。この世からはやくおさらばしたいものよ」

「嘘をつけ」

直之進は、頭に血をのぼらせてはならぬ、とわかっているものの、つい言葉を荒らげてしまった。

「きさまほど生に執着の強い男はおらぬ。死ぬ気なら、もうとうに舌を嚙んでいる」

別に猿ぐつわなどはしていないのだ。

「舌を嚙むのは、何度もやったさ。だがわしはどうもうまくないようだ」

白々しくも、そんなことをいう。

「俺が切ってやろうか」

「やってくれ」

仲之丞が舌をだす。色の悪い舌だ。

「わしはもう、いつ生を終えてもよいと思っている。徳を積み、悟りをひらいた高僧のような心境よ」

厚顔無恥に嘘八百を並べている。直之進は本当に叩き斬ってやりたかった。

仲之丞がにやにやしている。

「ほう、斬るか、はやくやれ。わしを楽にしてくれ。こんな格好をしているのはつらくてならぬ」

仲之丞は、直之進が決して刀に手をかけないのを見越している。

卑怯なやつめ。

直之進はにらみつけるしかなかった。

仲之丞はへらへら笑っている。

その顔を殴りつけることができたら、どんなに胸がすくだろう。

「直之進さま、相手になさいますな。そのような下種《げす》な男、放っておけばよいのです。腹を立てるだけ損でございます」

「本当に仲がよいな。一緒になる気か。だが、湯瀬直之進、また捨てられぬようにするのが肝心ぞ」

かちんときたが、直之進は平静な顔を保った。

「湯瀬、おきくの具合はどうだ。よいのか、どうだ、わしにきかせぬか」

直之進は仲之丞を凝視した。

「なんだ、その目は。殺す気か。殺すならはやくやれ」

直之進はおきくに視線を向けた。

「お城を出るとき、俺が申した言葉、覚えているか」

それは、仲之丞を奪回しに来る者と斬り合いになることを想定しておさくにいったのである。

「はい、人を斬ることになるかもしれぬ、見せたくないゆえ、じっと目を閉じ、静かになるのを待っていてほしい、と」

おきくが首を振り、いけませぬ、と強くいった。

直之進はおきくの耳に口を寄せた。低い口調でいう。

「俺を信じて、ここは黙って見ていてくれ」

「見ていてよろしいのですね」

おきくがささやき声で返す。

うむ、と直之進はいって唐丸籠を見つめた。刀に手を置いた。

「本当に斬る気か」

仲之丞の目が泳ぐ。

「動くな、動くと危ないぞ」

「なにをする気だ」

「動くな、と申しておる」

直之進が凄みをきかせた声でいうと、仲之丞が黙りこんだ。直之進の様子を目でうかがっている。

直之進は刀を抜くや、竹で編《あ》まれた唐丸籠の目に刀を突き通し、軽く手首をひねった。すっと刀を引き戻す。

「なっ、なにをする」

驚いた仲之丞が唐丸籠のなかで身じろぎしたのは、直之進が刀を鞘《さや》におさめた直後だった。

「おぬしには傷一つつけておらぬ」

「目を狙っただろう」

「目は狙っておらぬ」

「嘘をつけ。目の玉に刀の切っ先が突きつけられたぞ」

「ほう、よく見ておるな。その通りだ。だが、目の玉に切っ先は触れておらぬ」

「いったいなにをした」

直之進は仲之丞の顔をのぞきこんだ。

「ふてぶてしさが消えて、かわいい顔になったぞ」

「なにをしたときいているんだ」

「そんなにききたいのなら、教えてやろう。右目のまつげを何本か、いただいたんだ。どうだ、視界が広くなっただろう」

「まことですか」

おきくが目をまん丸にしてきく。

「ああ、まことだ。このくらい、おきくさん、かまわなかっただろう」

「はい、それはもう」

おきくが胸を押さえつつも、ほっとしたような笑顔を見せる。

直之進はそのかわいさに知らず見とれかけたが、今はそんなことをしているときではないのを思いだし、あたりに注意を払いつつ、ひたすら足を進めた。

四

潮の香りをはらんだ風が吹き渡り、松の梢《こずえ》を揺らしている。

沼里湊には、おびただしい数の船が帆と碇《いかり》をおろし、ゆったりと停泊していた。

伸之丞が乗せられている唐丸籠が、地上に置かれた。

「おい、船で行くのか」

唐丸籠のなかに横たわっている伸之丞が、首を伸ばしてあたりを見まわす。まつげを切られた衝撃からようやく立ち直ったようだ。

「きさま、船に乗ったことがないのか」

直之進はただした。

「どうだかな」

ふん、と伸之丞が鼻を鳴らした。くさいものでも嗅いだように、おもしろくなさそうな顔でそっぽを向く。

沼里湊は、蛇行して駿河の海に注ぐ狩場川《かりばがわ》の河口にある。宿場からおよそ半里の距離になる。

一目で千石船とわかる何艘もの大船が、岸近くで帆を休めている。いずれの千石船も荷おろしをしているようで、多くの小舟が河岸と船のあいだを行き来していた。

荷物はなんなのか。ああいう千石船などがおびただしい種類の荷を運ぶのを、直之進は知っている。

紙、筵《むしろ》、釘、乾物、小間物、蠟《ろう》、傘、木綿、絵具、茶、煙草、昆布など、それこそ日常につかわれるものなら、なんでもだ。酒だけは樽船という専用の船があり、そちらで運ばれることが多い。

ふむ、おらぬな。

直之進は視線を転じ、沖合を眺めた。

今のところ、湊に近づいてくる大船は視野に入ってこない。

江戸からつかわされる船は朝の五つすぎには入津《にゅうしん》するということだったが、やはり海は天候しだいということで、正確な刻限は期しがたいようだ。

仕方なかろう。

直之進は腹を決めた。なにがあろうと待つしかないのだ。

沼里の家中の者たちは、さすがに厳しい表情を崩していない。あたりに放つ視線は鋭いものがある。このあたりは、家臣を大事にする又太郎の人柄があらわれているといっていい。家臣たちは又太郎の信頼に応えようとしていた。

おきくも一緒に待っている。立ちん坊でいるのはかわいそうだったが、自分たちだけこの場を離れ、茶店に行くわけにはいかない。特に、直之進は唐丸籠から目を離すわけにはいかなかった。

「おい、痛くてならぬ。縄をほどいてくれ。な、頼む」

直之進は無視した。

「はやくほどけ、っていってるんだ。痛いんだ。このままではわしは死んでしまうぞ。わしが死ぬとどうなるか、わかっているのか。堀田の悪行を暴《あば》く生き証人がいなくなってしまうんだぞ。どのみち船には、この籠からだして乗せるんだろうが。少しだけほどいても、ばちは当たらんぞ」

直之進は冷ややかに見た。

「島丘伸之丞、きさま、なにか勘ちがいしているようだな。船に乗せるとき、唐丸籠からだしてもらえると思っているのか」

「なんだと」

「それだけ元気があれば、死にはせぬ」

直之進はまた沖合を眺めた。おきくも飽かずに見ている。

だが、船影はどこにもなかった。

半刻後、大きな船の影が伊豆の山を背にして、うっすらと見えてきた。

あれか。

直之進は背伸びをした。

近づくにつれ、帆を一杯にふくらませた千石船であるのがわかった。

幸晋丸《こうしんまる》、と艫に掲げられた旗印に記されていた。

「あれだ、まちがいない。登兵衛《とうべえ》どののまわした船だ」

「ああ、さようでしたか」

おきくは瞳をきらきらさせて、幸晋丸を見ている。

「実をいいますと、船は初めてなんです。楽しみでなりません」

「そうだったか」

「直之進さまはお乗りになったことが」

「いや、俺も実をいうと初めてなんだ」

互いに初という共通のものがあることがわかって、おきくはうれしそうだ。頬がつやつやしている。

幸晋丸がどんどん近づいてくる。岸までほんの半町ほどというところで、巨大な碇が投げ入れられた。船はとまった。

予定よりだいたい一刻半ばかり遅れての入津だった。

直之進が島丘伸之丞をとらえたことを、札差《ふださし》の登兵衛に早飛脚で知らせたのが七日前のことだ。

その二日後、登兵衛からも早飛脚で文が届いた。それには、千石船を差し向けるゆえ、それに島丘を乗せて連れてきてほしいと記されていた。

直之進としては、海路はまったく考えていなかった。意表を突かれた思いだったが、考えてみれば、陸路を行くよりはるかに安全だろう。

陸路では、旅籠《はたご》に泊まるたびに、眠ることなく唐丸籠の警護をしなければならないが、船ならその心配はいらない。きっと牢屋のようなものが設けられているはずだから、そこに唐丸籠ごと、島丘伸之丞を入れておけばすむ。

登兵衛の着眼の鋭さに、直之進は感服したものだ。

岸から数艘の小舟が近づいてゆく。沼里の船番所の役人たちだ。

逆に小舟が一艘、船から降ろされた。その舟に千石船から数人の男が乗り移った。こちらに向かって船頭が櫓《ろ》をつかって漕ぎだしはじめた。

——あれは。

直之進は瞠目《どうもく》した。小舟の舳先《へさき》に立っているのは登兵衛本人ではないか。

登兵衛の背後には、配下の和四郎《わしろう》も控えていた。登兵衛の警護役を、直之進から頼まれてつとめている徳左衛門《とくざえもん》も一緒だった。三人とも、すでに岸に立つ直之進を認め、頬をゆるめていた。

小舟が桟橋に着いた。縄がくるくるとかけられ、小舟が固定される。

登兵衛が軽い足取りでおりてきた。満面の笑みだ。

和四郎が登兵衛に続く。徳左衛門も桟橋の上に立った。

三人が岸にあがってきた。

「登兵衛どの、まさか自ら見えるとは思わなんだ」

登兵衛がにこやかに笑う。

「湯瀬さまを、驚かせてやろうと思いましてな」

「心より驚いた」

「それは重畳《ちょうじょう》」

登兵衛が穏やかな視線を放ち、あたりを見まわす。

「こちらが湯瀬さまの故郷でございますか。木々が機嫌よさそうに揺れていますなあ。鳥たちの飛び方やさえずり方も、どこかゆったりとしておりますぞ。きっと穏和な人々がのんびりと暮らしているんでしょう。それに、潮の香りが濃くて、こうして吸いこむと実にうまい」

登兵衛が胸をふくらませて、大気を盛んに取りこんでいる。

「おきくさん、無事に会えてよかった。なにか、店でお会いしたときより、ずっと美しくなられた」

「そんな」

登兵衛にいわれ、おきくが頬を赤くする。

「そうそう、おきくさんが湯瀬さまと一緒に船で戻ることは、米田屋《よねだや》さんに伝えておきましたよ。あの船は品川に着くことになっています。きっと迎えに来てくれるのではないでしょうか」

「よかったな」

直之進はおきくにいって、和四郎に視線を移した。

「和四郎どの、息災《そくさい》そうでなによりだ」

「湯瀬さまも」

和四郎は直之進の故郷で直之進に会えたのが感無量らしく、涙を流さんばかりになっている。

「なにも泣くことはあるまい」

「泣いておりませんよ」

「そうか。それならば、そういうことにしておこう」

直之進は徳左衛門に向き直った。

「徳左衛門どの、ご無沙汰していた」

「うむ。こちらこそ」

徳左衛門は柔和な笑みを浮かべている。この男は一度、自分の命を狙ったことがあるが、それももう幻だったとしか思えなかった。

「相変わらずお若いな」

直之進は徳左衛門にいった。

ふふ、と笑って徳左衛門が目を細める。

「湯瀬どのは、相変わらず人をほめるのが上手よ」

「本心にござる」

「世辞でもうれしい」

徳左衛門には歳の離れた妻がいる。病身だが、登兵衛が紹介した医師の治療が進み、だいぶよくなってきたという。

登兵衛たちとの久しぶりの再会は、心が弾むものだった。

「今日、これからすぐに湊を出るのでござろうか」

直之進は登兵衛にきいた。

「さよう」

登兵衛が唐丸籠に歩み寄る。

「島丘伸之丞。うぬは確か札差でもあったな。二井屋《ふたいや》だったか。久しいな」

憎々しげな視線をぶつける。伸之丞が蛙の面に小便、とばかりに平然と見返している。

登兵衛が直之進に顔を向ける。

「ようやくにしてとらえましたな。手前、湯瀬さまより知らせをいただいたとき、小躍りしましたぞ」

「それは大袈裟な」

「大袈裟ではござらぬ」

まじめな顔で登兵衛が首を振る。

「これまで様々なことに関係してきたこの男を吐かせてしまえば、例の男の悪行がこの世にすべてさらけだされますのでな」

そういう場合、どうなるのか。堀田正朝の失脚だけですまされるのだろうか。それとも、堀田家が取り潰しになるということまで、考えられるのか。

登兵衛の指示で、伸之丞が横たわったままの唐丸籠が小舟に積まれる。伸之丞が、出せ、と暴れた。

直之進は唐丸籠と一緒の小舟に乗った。

おきくは別の小舟だ。和四郎がおきくのそばにつく。

沼里家中の侍たちのほとんどとは、ここでお別れということになる。見知った者ばかりで、直之進は別れるのが少しつらかった。

次に沼里に来るのは、いつになるのか。まさか、もう二度とこの地を踏むことがないことはなかろう。

小舟はすぐに幸晋丸に横づけされた。直之進たちは乗りこんだ。

唐丸籠に綱がかけられ、引きあげられてゆく。荷物の積み卸しに熟練している水夫たちは唐丸籠だろうと慣れたものだ。唐丸籠は胴の間に落ち着いた。

直之進は船内を見まわした。想像していたよりもはるかに広い。甲板は海水をかぶったのか、少し濡れていた。

「あと半刻ばかりで湊を出ます」

船の扱いにいかにも練達していそうな精悍な顔つきの船頭と話していた登兵衛が、直之進たちに伝える。

「湯瀬さま、沼里ともしばらくお別れでございますな」

直之進はほほえんだ。

「里心がついたら、また戻ってくればよい。江戸からほんの三日だ。これは陸路だが」

「さようにございましたな」

うなずきを返した登兵衛が、胴の間に向かった。唐丸籠をのぞきこむ。

さっそく伸之丞への尋問をはじめた。

「よいか、島丘伸之丞。素直にこれまでの悪行を反省し、すべてを吐けば、罪一等を減じられるやもしれぬぞ」

「しれぬ、か。そんなあやふやな言葉にだまされると思うておるのか。それに、罪一等が減じられたとしても、せいぜい遠島であろう。死罪と変わらぬ」

「ならば、なにが望みだ」

「放免に決まっておろう」

伸之丞がにやにや笑っている。

「それができるのであれば、すべて話してもよい」

「無理だな」

登兵衛が素っ気なくいった。

「つれないことを申すな。確か、犯罪人を密告すれば罪を問わぬという法度があるだろうが」

「それは自首し、他の者を密告した者に当てはまることだ。きさまのように、とらえられた者には無理だ」

「そうか。なら、もうなにも話さぬ」

むすっと口を引き結び、伸之丞が目を閉じた。

その半刻後、幸晋丸が向きをかえはじめた。別に風待ちをしていたわけではないが、風向きが変わり、江戸に向かうのに都合がよくなったという。

やがて船の舳先が沖合を指し、船頭の合図で帆が掲げられる。分厚い布団を思い切り叩いたような音がし、風をはらんで帆が一杯に張った。

船が見えない力に引かれ、いきなり走りだした。海はやや波立っているが、それをものともせず、幸晋丸は滑るように南へと向かいはじめた。

直之進は艫の近くに立ち、遠ざかりつつある沼里の町を眺めた。大きな瓦屋根を持つ建物がいくつも望めるが、それらは寺の本堂である。水害を逃れ、小高い場所に建てられることが多いから、よく目立つ。背の低い家々が立ち並ぶ町並みの向こうに、三層の天守が見えている。

おきくもじっと沼里の町を見つめている。直之進にそっと寄り添っていた。

いいにおいが香り、直之進は抱き寄せたかった。だが、その気持ちをこらえた。別のことを考える。

琢ノ介は大丈夫だろうか。やはり連れてくればよかったか。

今、又太郎のそばについている。どういう風の吹きまわしか、自ら又太郎の警護を買って出たのだ。

——直之進がいなくなったら、又太郎さまのおそばに遣い手がいなくなってしまうではないか。わしは中西《なかにし》道場で師範代までつとめた男ぞ。わしにまかせておけば、又太郎さまに危害が及ぶことは決してない。

あの男のことだから、なにか企みがあるはずだ。そうでなければ、沼里に居残るなどといいだすはずがなかった。

それでも、琢ノ介は意外に細かいところまで注意が払える。もう二度と又太郎が襲撃に遭うことはないだろうが、万が一そんな事態に至ったとき、機転を利かせて又太郎を救ってくれるのではないか。

直之進には琢ノ介に対して、そんな期待がある。

脳裏に別の顔が浮かんだ。

倉田佐之助はどうしているだろうか。やつとしてはあの顔の変わる男を討ち果たしたことで、役目は終えたはずだ。とうに江戸に帰ったのではあるまいか。

今頃、千勢《ちせ》の長屋を訪れているかもしれない。もしや千勢の母である紀美乃《きみの》に手紙を託されているのではないか。

むっ。

直之進は目をみはった。狩場川河口そばの砂州《さす》に人影が立っている。それが倉田佐之助に見えた。

一町近く離れているから、しかと確かめることはできないが、まちがいないと直之進は確信した。

きりっとした立ち姿は、紛れもなくあの男のものだ。

佐之助は、練達の仏師の手による仁王像のような迫力を放っている。

強くなってきた風に着物を激しくはためかせているが、微動だにせずこちらを見つめていた。

五

目が合った。

湯瀬直之進もそれは感じたはずだ。

少なくとも、やつは俺を認めた。ここに俺がいることを知ったやつの驚きが、波となって大気を伝わってきた。

戌亥《いぬい》（北西）の方角から吹きはじめた風は強く、油断すると体を持っていかれそうだが、佐之助は身じろぎ一つしなかった。

帆に風を一杯に受けた千石船は、沼里の海をはさんでそそり立っている伊豆の山並みにまっすぐ向かっている。それらの山は、麓を波が洗っているのではないかと思えるほど、一気に落ちこんでいた。

いずれ千石船はどこかで舵を切り、右に曲がるはずだ。それから沼里の海の出口になっている大瀬崎《おせざき》をめざす。大瀬崎をすぎたところで左へ折れ、駿河の海を伊豆国に沿って航行するのだ。

ほとんど荷は積んでいないのだろう、船足は千石船と思えないほどに速かった。水だけはたっぷりと積んでいるはずだ。

それにしても、島丘伸之丞を護送するのに船をつかうとは思っていなかった。

誰の策なのか。おそらく登兵衛という札差が考えついたのだろう。

あの男はまちがいなく侍だが、武家らしくないものの考え方をするようだ。

でなければ、いくら腐り米の横流しを探索するためとはいえ、侍の身にもかかわらず、札差に転身するなどということは、まず考えまい。

直之進たちを乗せた千石船は、だいぶ小さくなった。ここからでは、船の巨大さなど、もうわからなくなっている。


最初から船で島丘を運ぶことがわかっていたなら、とうに江戸に帰っていた。千勢に一刻もはやく会いたい気持ちを抑え、ぐずぐずと沼里に居残っていたのは、島丘伸之丞のことが気になっていたためだ。

堀田正朝の手の者が奪い返しに来ぬか、あるいは口封じにやってこぬか。

佐之助はそればかりを考えていた。

まったく俺も人がよいな。

あの顔ががらりと変わる男を斬り殺し、逃げだそうとした島丘伸之丞を気絶させて、がっちりと縛りあげた。

あそこまでお膳立てしてやった以上、あとは湯瀬にまかせて、さっさと沼里をあとにすればよかった。

今となれば、どうしてあんなに島丘伸之丞のことが気にかかったのか、不思議なくらいだ。

唐丸籠が千石船に乗せられるのを見た。あれだけの船なら、航海も大丈夫だろう。島丘伸之丞を奪われることはなかろう。海賊があらわれるようなこともあるまい。

海賊か。

今でもいるのだろうか。きいたことはないが、どうなのか。

いたとしても、湯瀬やあの登兵衛という札差の配下も大勢、乗りこんでいるだろう。撃退するのは、さしてむずかしいことではあるまい。

よし、帰るか。

脳裏に、まぶしい笑顔が浮かんでいる。帰るとなったら、一刻もはやく会いたくてならない。

佐之助は立ち去ろうとした。だが、なんとなく足を動かすのがためらわれた。

振り向いて、海に目をやる。

もう湯瀬たちを乗せた千石船は、陽射しを浴びてきらきら光る青さのなかに紛れてしまった。

正直いえば、船で行く湯瀬たちが、うらやましかった。

きっと楽だろうな。

何日で江戸へ行けるのか、佐之助は知らないが、眠っているうちに着いてしまうのではないかという感じがする。

乗せてもらえばよかったか。

実際に、そういう気持ちがなかったわけではない。だが、湯瀬と一緒の船というのは、なんとなく気恥ずかしいものがある。なにを話していいか、わからない。

別に話さずともいいのだろうが、結局は互いに気詰まりになるだけだ。

よし、行くか。

佐之助は足を踏みだした。

考えてみれば、船の大敵に嵐がある。いくら千石積みの大船といっても、嵐にはかなわない。木の葉と化したように大波に翻弄されるときく。

だが、それもきっと大丈夫だろう。

砂を踏みつつ、佐之助は思った。

船は陸沿いを行くだけだ。天気を読むのに長《た》けた練達の船頭が、嵐の襲来がわからないはずがない。仮に嵐に遭いそうになったとしても、逃げこむ湊には事欠くまい。

はやく会いたい。

常に千勢のことが頭にある。懐には、千勢の母の紀美乃から預かってきた文がしまわれている。

千勢の母は、文をこの俺に託してきた。湯瀬も江戸に帰ると別れを告げに行ったはずなのに、選んだのはこの俺だった。どうしてなのか。

佐之助はわずかに首を傾けた。

考えるまでもないことだ。俺のほうが千勢と近しい関係にあることを、見抜いているのだろう。

佐之助は潮風を胸一杯に吸いこんだ。この香りともお別れだ。

佐之助は砂州が終わるところでまた立ちどまり、海を眺めた。

ちょうど入ってきた船があった。こちらは直之進たちの船より小さいが、いかにも船足が速そうな造りだ。舳先が、より波を切りやすく工夫してある。

ふむ、いい船だな。

佐之助はまぶしい陽射しを避け、手で庇《ひさし》をつくって見入った。

帆がするするとおりてゆく。帆柱が根元近くで折れた。碇がおろされ、岸に二十間ほど離れて船がとまった。

小舟が、水夫たちによって船からおろされる。小舟は、伝馬船と呼ばれているものだろう。

伝馬船が海面に浮くと、甲板にいた十数人の商人らしい男たちが整然と乗り移った。

むっ。

佐之助は眉根を寄せた。

伝馬船に乗り移った者は、なりこそ商人だが、本当は侍ではないか。いずれもかなり遣うのがわかる。

何者だ。

沼里の家中の者であるはずがなかった。家中の侍なら、あのようななりをする必要はない。

よいことを考えている者たちではない。胸のうちに、よからぬことを企んでいるにちがいない。

なにを目論んでいるのか。

島丘伸之丞を奪回しに来た者たちか。それとも口封じ役か。

堀田家の者か。そうかもしれない。江戸から来たのか。それとも堀田の居城がある佐倉か。

いずれにしても、もう島丘伸之丞はこの地にいない。やつらはこのまま帰ることになるのではないか。

一足遅かった、というやつだ。

だが、ちょうど十人いる男たちは、伝馬船に揺られつつ、ずいぶんと落ち着いたものだ。島丘伸之丞がどこにいようと関係ないという面をしている。

やつらの狙いは、島丘伸之丞ではないのか。それとも、企みを抱いているように見えるのは、こちらの単なる見まちがい、勘ちがいにすぎないのか。沼里にただやってきただけなのか。

そんなことはあるまい。又太郎という沼里のあるじが命を狙われたこの時期に、変装してやってくる者たちが、なんらかの策を企てていないはずがない。

船番所の役人が小舟に乗り、積み荷を調べに船に向かった。船の艫には、星陽丸と旗印が掲げられている。速さにふさわしい名がつけられているような気がする。

十人の侍が乗った小舟が、桟橋につけられた。男たちが次々におりてくる。その足で船番所に向かった。書類を見せて、陸にあがる許しをもらうのだ。

書類は、きっちりととのえられているのだろう。仮に偽造だとしても、船番所の役人に見抜けるはずがない。

沼里に商談にやってきた商人ということで、なんの疑いもなく、陸にあがる許しをだしてしまうにちがいない。

このままにはしておけぬ。どうせお節介ついでだ。

佐之助は駆けだし、湊のほうにまわろうとした。小さな集落を抜ける。だが、佐之助の前に狩場川が立ちはだかった。

渡し舟がある。まだ刻限じゃないからと渋る船頭に、財布に突っこんだ手に触れた一両を見せた。

はじめて小判を目にしたらしい船頭は度肝を抜かれたようだが、瞳をきらつかせるや、勢いよく棹を手繰《たぐ》った。二町ほどの川幅を一気に突っ切った。

「助かった」

佐之助は船頭に小判を渡し、船をおりた。船頭は佐之助のことなどもはや目に入っていない様子で、手にした小判を陽にかざすようにしてひたすら見つめていた。

船番所の建物から十人の男が出てきた。桟橋につけられた伝馬船に再び乗りこむ。

桟橋を離れた伝馬船は、船頭の鮮やかな櫓づかいで、流れがほとんど感じられない狩場川をぐんぐんあがってゆく。まるで猪牙舟《ちょきぶね》のような速さだ。

佐之助は陸を行くしかなかった。狩場川の土手の上は、両側に木々の植えられた道になっている。江戸でいうと、隅田堤のようなものだ。

佐之助は早足で追った。ただ、伝馬船の男たちのなかには沼里の景色が珍しいのか、きょろきょろしている者もいる。ほかの九人は前をじっと向いているのに、一人だけ、好奇の心が強い者がいるのだ。

しかも、その男が十人のなかでも最も腕が立ちそうに見えた。歳は四十にはまだ間がありそうだ。

そのまま宿場のほうに行くつもりなのか、と思ったが、途中で小舟は、こぢんまりとした河岸につけられた。その先には、沼里城の三層の天守が見えている。距離はおよそ五町というところか。

ちょうど土手の上の道が切れてしまい、佐之助は町へとおりなければならなかった。

河岸の前に出られるはずの路地に入った。急ぎ足で河岸のほうへ向かう。

船頭の案内で、十人の男が岸にあがってきたところだった。

間近で見ることになったが、やはりいずれも侍だ。腰の据わり、足のさばき、剣術に習熟した者特有のものだった。

好奇の心が強そうな男が、ちらりと佐之助に視線を流してきた。佐之助は視線に気づかぬ顔で、目の前の狩場川の風景に心を奪われている表情をつくった。

男が佐之助から目を離す。

十人の侍は船頭に先導されて、路地を通り、沼里の町を突っ切る東海道を渡り、一軒の商家の前に立った。

好奇の心が強い男が、船頭が持ちあげた暖簾《のれん》をまずくぐった。

やはり、あの男が連中の指揮をとっているのか。

お待ち申しておりました、という声に出迎えられ、十人はなかへと入っていった。

商家の名を確かめるために、佐之助は足を進ませようとしてとどまった。

あの男が暖簾のそばにいて、あたりをうかがっているのが気配で知れたからだ。

油断できぬ。

佐之助は路地から出ず、じっとしていた。

やがて気配が消えた。

だが、佐之助は動かず、そこから商家を見つめた。

建物の上に掲げられた大きな扁額《へんがく》には、多丸屋とあった。横に張りだされている看板には、廻船、荷請負とあった。

廻船問屋だ。

どうする。

調べる以外、道はなかった。このまま放って江戸に帰る気はない。

脳裏にある千勢の顔から、笑みが消えている。ややうしろに遠ざかった感もある。

千勢、許せ。

佐之助は心で頭を下げた。

これがおのれの性分なのだ。ほかにしようがない。千勢には、あきらめてもらうしかなかった。

六

気持ちに羽が生《は》えるというのは、こういうのをいうんだろうね。

南町奉行所同心の樺山富士太郎《かばやまふじたろう》は浮き立っている。

先ほど、米田屋光右衛門《みつえもん》からつなぎがあった。今は主人のように米田屋を切りまわしている長女のおあきが、せがれの祥吉《しょうきち》とともに八丁堀の屋敷にわざわざ足を運んでくれたのである。

祥吉の手を握ったおあきは、にこにこしていた。

「樺山の旦那はこれをきいたら、跳びはねてしまうのではないでしょうか」

「なんだい、おあきさん、ずいぶん気を持たせるじゃないか」

富士太郎がいうと、おあきは、すみませんと頭を下げた。

「そんなつもりではなかったんですけど」

「いや、謝るようなことじゃないんだ。冗談なんだから」

「ああ、よかった」

胸をなでおろしたらしいおあきはそのあとを続けた。

その言葉をきいて、富士太郎は本当に跳びあがってしまった。

なんといっても、おあきは、じきに直之進たちが帰ってくるといったのだから。

これが喜ばずにいられようか。直之進は、向こうに住み着いてしまうのではないか、と思えるほど、長いこと沼里にとどまっていた。

それが、おあきがいうには、札差の登兵衛が差し向けた船で、はやくすれば四日後には江戸に帰ってくるのではないか、とのことなのである。

直之進はなにごともなく無事で、おあきの妹のおきくも一緒だという。

琢ノ介だけは万が一のために沼里に残り、又太郎の警護をするようだ。

ふん、豚《ぶた》ノ介《すけ》がいないのはいいことだね。うん、これ以上ないことだね。あの豚ノ介こそ、沼里に住み着いてしまえばいいんだよ。

もっとも、本当に帰ってこなかったら、寂しくなるのはわかっている。必ず帰ってくることがはっきりしているからこそ、いえることだった。

船は品川に入るという。ちょっと遠いが、行くしかない。いや、遠いっていっても、同じ武蔵国じゃないか。おいらは張り切って行くよ。

できるなら、八丁堀とは目と鼻の先にある鉄砲洲に入ってほしいところだが、いろいろと都合があるのだろう。駄々をこねてもしようがない。

おあきによれば、直之進は島丘伸之丞という侍をとらえたという。

島丘伸之丞といえば、悪事を重ね、いろいろな者に死を与えてきた男じゃなかったかね。うん、きっとそうだよ。

そういう男を直之進はとらえたのだ。

さすがだねえ、お手柄だよ。おいらの直之進さんだけのことはあるねえ。

ここにいたら抱き締めて、唇を吸っているところだ。

その島丘伸之丞を連れて、直之進は江戸に帰ってくるのだ。

なるほど、それで海路を選んだのかい。

富士太郎は納得した。

これはとてもいい手立てといえた。海を行くのなら、途中、敵方に襲われる心配はほとんどないだろう。

いや、悪者の意を受けた海賊が襲ってくるかもね。でも、直之進さんがいるからには、海賊だってそうはたやすく襲えないよ。直之進さんなら、皆殺しにしちまうよ。いざとなると、鬼神に変わっちまう男なんだからさ。おいらの想い人は、この世に二人といない頼もしい男なんだよ。

富士太郎は叫びたいくらいだった。

とにかく、陸路を行くより海路を行ったほうが、島丘伸之丞を連れ帰りやすいのはまちがいない。

こんな知恵をだしたのも、きっと直之進さんだろうさ。

まったく直之進さんはおつむがいいねえ。おいらは、きっとこういうところが大好きなんだろうねえ。

とんでもないよ。好きなのは頭のめぐりがいいところだけじゃないよ。おいらは直之進さんの全部が好きさ。

富士太郎は首を傾けた。黒雲が心を覆いはじめる。

船で怖いのは、嵐だねえ。これまで数え切れない船が、嵐に遭って沈没したらしいからねえ。

今夜も直之進さんのためにお百度を踏まなきゃねえ。

富士太郎にお百度をやめる気はない。直之進の無事な顔を、この目でしかと見るまで、ずっと続けるつもりでいる。

「ねえ、旦那」

横から呼びかけられて、富士太郎はうつつに引き戻された。

「さっきから、なに、ぶつぶついっているんですかい」

声をかけてきたのは、富士太郎に忠実な中間の珠吉《たまきち》だ。

「ぶつぶついっていたかい」

「ええ」

珠吉が渋い顔をする。

「またどうせ湯瀬さまのことを考えて、一人、まったりと桃源郷を旅していたんじゃないんですかい」

「そうだよ、悪いかい」

「旦那、ひらき直りましたね」

珠吉がすごむ。こんなふうに低い声をだしたとき、この年寄りは怖い。

富士太郎はあわてた。

「ううん、ひらき直ってなんか、いやしないよ。わかったよ、珠吉。直之進さんのことは、しばらく頭から閉めだしておくから、堪忍だよ」

「信じていいんでしょうね」

「当たり前だよ、おいらが珠吉に嘘をついたことがあるかい」

「湯瀬さまのことになると、旦那は人が変わりますからねえ」

「大丈夫だって、信じておくれ」

「わかりました。信じます」

きっぱりいって、珠吉が見つめてきた。

「ところで旦那、あっしたちが今どこにいるか、わかっていますかい」

「もちろんわかっているよ。当たり前じゃないか、珠吉」

珠吉は深くうなずいてみせた。

「おいらたちがいるのは、百島屋《ももしまや》さんだよ」

百島屋は、酒問屋だ。甘い香りが濃厚に漂っている。知らず、頬がゆるんでくるいいにおいだ。

このにおいを嗅《か》ぎ続けていたから、おいらは直之進さんと一緒に桃源郷に遊びに行っちまったにちがいないよ。

「どうしてあっしたちは、百島屋さんにいるんですかい」

また湯瀬さまのことを考えていたんじゃないでしょうね、といいたげな顔をして、珠吉が富士太郎を見ている。

富士太郎は口に手を当て、こほこほと咳払いをした。

「それは、百島屋さんが昨晩、盗みに入られ、十二両を奪われたからだよ。おいらたちは、事情をききに来たんだ」

「ほかにも目的があるでしょう」

「うん、もちろんさ。探索のためだよ」

珠吉が満足げに顎を引く。

「うん、ちゃんとうつつの世界に戻ってきたようですね」

「当たり前さ。おいらは、やるときはやる男だからね」

「そいつは、よく知っていやすよ」

珠吉が歯を見せてほほえむ。どこか好々爺《こうこうや》のような雰囲気が漂う。

そりゃそうだよ、もう六十なんだから。ふつうならとっくに隠居して、孫と一緒に遊んでなきゃおかしい歳なんだよ。

しかし、珠吉の跡取りだったせがれが病で死んでしまった。しばらく珠吉は魂が抜けてしまっていた。

今はもう以前の自分を取り戻しているが、ときおり遠くを見るような目をしているのは、せがれのことを考えているからではないだろうか。

富士太郎は珠吉とともに、盗みに入られた部屋を見た。ここは、百島屋の家族の居間である。

あるじが吸うのか、煙草のにおいがしみついており、あまり好きではない富士太郎は、少し胸が悪くなった。夏だというのに火鉢が置かれているのは、そこに灰を捨てているからだ。

ほかに家財らしいものは箪笥《たんす》に文机《ふづくえ》、行灯《あんどん》くらいしかない。

「ここから盗まれたんだね」

箪笥の引出しを見た富士太郎は、珠吉に確かめた。

「ええ、小判が二十両とほかに二分ばかりあったそうです」

「二十両あったのに、賊は十二両を取っていったんだね」

「さいです。二分すら取っていきませんでした」

「これまでと同じだね」

「ええ、そういうこってす」

ここ四日、同一と思える盗人の跳梁《ちょうりょう》が続いていた。百島屋が三軒目だ。

過去の二軒も、もっと金は置いてあったのに、同じように十二両だけ奪われていた。

「珠吉、十二両になにか意味があるのかね」

「あるんでしょうね。でなければ、その額をぴったり盗んでいくことなど、ないでしょうからね」

「その通りだね。つまらないことを、きいちまったよ」

家族、奉公人を含めた百島屋の者すべて、盗みに入られたことに気づいた者はいなかった。

「どこから入りこんだのかな」

前の二軒は、昼間か夕方のうちに庭に忍びこみ、賊は植えこみの陰で夜になるのを待っていた。夜が更《ふ》けてから縁の下から人が寝ていない部屋を破り、なかに入りこんだ。また同じ部屋に戻り、外に出ていった。

おそらくそういう手順だろうね、と富士太郎たちは考えていた。

そして、今度も同じだった。木々の深い庭に置かれた灯籠《とうろう》の陰に、足跡がくっきりと残っていたのだ。

「昼間のあいだに忍びこむのは賊にとってはいい手なのかもしれないね」

富士太郎は珠吉にいった。

「ええ、堂々としていれば、意外に人目につかないってことはあり得ますからね」

なんとかしてつかまえなきゃいけない。どの商家も裕福だから十二両じゃびくともしないし、人にも危害を加えていない。けど、いいってことは決してないんだからね。人さまのものに手をつけるなんてのは、やはりどんな理由があろうと、最低の所行なんだよ。

それに、盗むという行為に命を懸け、人さまには傷一つ負わせないとの誇りを持っている賊が、いざとなれば容赦なく人を殺したりすることだってある。

そんなことは決してさせないからね。

富士太郎はかたく決意した。

珠吉が、そんな富士太郎をしみじみと見ている。

「なんだい、その顔は」

珠吉がにやっと笑う。

「やるときはやる男。本当にそんな面構えになってきたと思いましてね」

「よしとくれよ」

富士太郎は右手を女のように振った。

「面構えなんて言葉はさ、男そのものじゃないか」

「だって旦那は男ですからね」

「まあ、そうだね。ついているものはついているからね」

「それも立派なものですからねえ。ほんと、もったいないですよ。ほしがる人は、いくらでもいるでしょうにねえ」

「おいらも、やれるものならやりたいよ」

「宝の持ち腐れってのは、旦那のためにあるような言葉ですねえ」

「珠吉、うるさいよ」

「すみません、調子に乗りすぎちまいましたね」

富士太郎たちは外に出た。

目の前に旅籠がある。もう日があがってだいぶたつというのに、旅籠の前は大勢の旅人でにぎわっている。田舎から江戸見物に出てきた者ばかりのようだ。

江戸の町方役人が酒問屋に出入りしているのを、なにごとだろうか、と興味津々に見入っている。

富士太郎は顎を昂然とあげ、通りを歩きだした。

「やっぱり江戸のお役人はちがうね。垢抜《あかぬ》けているというか。凛々《りり》しいや」

「うん、いい男っぷりだよ。花形っていわれるのがよくわかるね」

そんな言葉が富士太郎の耳に届いてきた。

男っぷりかい、おいらには、残念ながらほめ言葉にはならないんだよ。

そんなことを思いつつ、手がかりを求めて富士太郎は足早に歩を進めた。

七

左側に伊豆の海岸が見えている。

直之進ははじめて見たが、ここまで荒々しく険《けわ》しい崖が続いているとは予期していなかった。

切り立っている。崖には木々が生えており、そこにおびただしい鳥たちが巣をつくっていた。

雛《ひな》には厳しいところに、どうしてわざわざつくるのだろう。

直之進は自問したが、すぐに答えは出た。

あれはむしろ雛のためなのだな。あれだけ危ないところだからこそ、雛を狙ってくる獣がいないのだろう
ときおり数羽のかもめが、食べ物がないかというように船に寄ってくる。なにもないのを知ると、悪態をつくような鳴き声を発し、船から遠ざかってゆく。それだけならまだしも、ごていねいに糞を甲板にしてゆくかもめもいた。

船は快調に海を滑ってゆく。北西の風は弱まろうとしない。暑い時季なのに、海の上は涼しいくらいで、気持ちよいことこの上ない。

「なにをご覧になっているのですか」

横におきくが来た。

「船酔いは大丈夫か」

おきくは先ほどまで、特に与えられた胴の間の奥で、横になっていた。

「はい、だいぶよくなりました」

直之進はおきくを見つめた。

「顔色はよくなってきたな」

「さようですか」

おきくが頬をなでる。

「先ほどまでは青かったが、だいぶ赤みが戻っている」

「はい、気分もよくなっています。胴の間にも吹きこんでくる気持ちのよい風がよかったのではないか、と思います」

「そうか、胴の間にもな」

二人は並んで右側の舷側に出た。

「きれい」

東側は伊豆の険しい崖がずっと続き、ときおり小さな湊があらわれ、その奥に集落がかたまっているという形だが、西側は広々とした海が広がっている。ただ、その海もややかすんだ大気の向こうにうっすらと見える陸地で尽きていた。

「あの陸はどこなのですか」

「あれは駿河国だ」

「では沼里と同じ国ですか」

「そういうことになるな」

「駿河国は広いんですね」

「でも、全部が駿河というわけではないんだ。ここから見えている南半分は、遠江国だな」

「遠江ですか。越すに越されぬという大井川が流れている国ですか」

「正しくいうと、ちとちがうな」

おきくは黙って耳を傾けている。

「大井川は、駿河と遠江の国境になっているんだ」

「ああ、そうだったのですか」

おきくがじっと遠くに目をやる。

「大井川は見えませんか」

「ここから河口を見るのは、むずかしいだろうな」

「さようですか」

おきくは少し残念そうだ。

「あっ」

不意に高い声をあげた。

「どうした」

「今、なにか大きな魚がいました。あの辺です」

「どれどれ」

直之進は垣立につかまり、おきくが指さすあたりをのぞきこんだ。

「あっ、あれです」

波を切るひれが見えている。それが群れをなしていた。船の舳先の近くで深くもぐったり、海面近くで飛んだりしている。船を魚とまちがえて、一緒に遊ぼうよと誘っているかのようだ。

「なんだ、あれは」

直之進もはじめて見る魚だ。

まさか鮫ではないのか。人を襲うときくが、もしここから落ちたらひとたまりもあるまい。あっという間に骨だけにされてしまうにちがいない。

直之進は垣立をつかむ手に力をこめた。

「あっ、何匹もいます」

おきくが楽しそうな声をあげる。両手を垣立から放していた。

「直之進さま、あれはなんという魚でしょう。とても賢そうな顔をしています」

「賢そうか」

直之進は魚を見直した。つやつやとしてなめらかな体をしている。それに、目がとてもかわいらしい。おきくのいう通り、魚の割に頭がよさそうに見えないこともない。

「それに、にこにこ笑っています」

ちょうどそばを通りかかった水夫にきいてみた。

「ああ、あれはいるかですよ」

水夫が目を細めていう。

「人なつこくて、ああやってわしらと戯れるのが大好きなんですよ」

「へえ、そんな魚がいるのか」

「知りませんでしたか」

「うん、知らなかった」

「そうでしょうね。このあたりではよく食いますけどね、江戸のほうでは食べないってききますから」

「食べるのか、あの魚を」

「けっこううまいですよ。くにゃくにゃした歯応えで、口のなかで踊るようなやわらかなかたさというのか、そんな感じの身ですよ。ちょっと臭みはありますけど、食べ慣れると、それも癖になりますねえ」

あまり食べたいとは思わなかった。おきくは下を向き、できることならききたくなかったという顔をしている。

「忙しいところ、すまなかった」

「いえ、なんでもないですよ」

水夫が舳先のほうに向かっていった。

「いなくなってしまいました」

おきくが海を見ている。いるかの姿を探していた。

「食べるというのが、きこえたんじゃないでしょうか」

「そうかもしれぬ」

日がだいぶ傾き、波が途切れることなく続いている海に、光の筋がまっすぐに引かれている。

今日は朝から一日が長い。ときがゆったりと流れている。

「直之進さま、肩の傷はいかがですか」

直之進は左肩に触れてみた。江戸から沼里に向かう際、箱根を通った。雲助《くもすけ》連中に襲われている女を助けようとした。だが、それは直之進を殺すための罠で、鉄砲で狙い撃ちにされたのだ。

鉄砲の玉は左肩をかすめ、直之進はそばを流れている川に飛びこんで難を逃れた。行き着いた村の医者に傷の手当をしてもらい、再び沼里に向かったのである。

「だいぶいい」

実際、もう痛みはまったくない。ときおり引きつれるような感じがあるだけだ。

「見せていただけますか」

これまで何度か、おきくには見てもらっている。直之進のほうにはもう照れはないが、おきくはいまだに恥ずかしさがあるのか、頬を赤らめている。

人けのないところに行くか。

直之進は一瞬、おきくのために考えたが、それだと逆に誤解を生みかねないことに気づいた。

その場で諸肌《もろはだ》を脱ぎ、垣立にもたれるようにして座りこんだ。

おきくがかたい板の上に正座し、じっと傷を見る。真剣な表情がほほえましい。心が和む。それだけで、傷がよくなってゆくような気がする。

そばを通る水夫たちが、興味津々の顔でのぞきこむように見てゆくが、直之進に照れくささはなかった。

おきくは傷を見るのに一所懸命で、水夫たちに気づいていていない。

「もうほとんど治っています」

我がことのように、おきくが表情を輝かせている。

「これも、おきくちゃんのおかげだよ」

おきくがかぶりを振る。

「私はなにもしていません」

「そんなことないさ。おきくちゃんが熱心に見てくれたから、治りがずいぶんとはやくなった」

おきくがほっとしたように笑む。

「そういっていただけると、とてもうれしい」

着物を直して、直之進は笑いかけた。

「おきくちゃんが喜んでくれるのなら、俺もうれしい」

俺はこの娘を妻にするのだろうか。

おきくの笑顔を見て、心の戸を叩くように直之進は考えた。そうなら、千勢とは正式に離縁しなければならなかった。おきくを迎えるのなら、妻として迎えなければならない。妾《めかけ》では駄目だ。

おきくの双子の姉であるおれんには、豊吉《とよきち》といういい男ができたという話を、直之進は沼里城内で琢ノ介からきいている。

おれんがおきくと同様、自分に心を寄せているのは知っていた。どちらを選ぶというような気持ちは直之進にはなかったが、水が高みから流れ落ちるように、自然になるようになった感じだ。

考えてみれば、この娘とは、はなから縁があったのだろう。沼里を失踪した妻の千勢を探しに江戸に出てきて、食い扶持を得るために、口入屋米田屋のあるじ光右衛門の用心棒をつとめた。

そのときからの知り合いなのだ。江戸に来て、最初に知り合ったといっても過言ではなかった。

直之進は立ちあがった。おきくがそっと横に並ぶ。

直之進は首を曲げて、富士山を眺めた。かすんだ大気のせいで、ぼやけたような感じでしかなかったが、二人して見るということに意味があった。

あの山の手前に沼里がある。

もう二度と戻らぬなどということがあるだろうか。

それはあるまい。俺は又太郎さまの家臣なのだ。家臣が主君のもとに馳せ参ぜぬことはあり得ない。

それにしても、琢ノ介は大丈夫か。万が一のことを考えて沼里に居残ってもらうことにしたが、又太郎さまに失礼、無礼はないだろうか。

あったとしても、又太郎さまなら、不問に付してくれようが、なんとなく心配だ。

琢ノ介のことより、又太郎さまのお命の心配はいらないだろうか。

つい先日、又太郎は鉄砲や多数の弓で狙われたが、倉田佐之助の活躍などがあって、傷一つ負うことなく危機を脱した。

堀田正朝は又太郎を亡き者にし、その後釜に自分の思い通りになる男を配し、沼里から富を吸いあげようと目論んだようだが、その企みは粉砕された。

だから、又太郎が命を狙われることは、二度とないはずだ。

琢ノ介でも十分に又太郎の警護はつとまるはずなのだ。それに、家中の士にも遣い手はかなりいる。

心配はいらない。

それでも、どうしてか、直之進の気持ちは晴れない。

そういう気持ちだったから、幕府の要人の前で生き証人である島丘伸之丞がすべてを吐くまで、決して城外に出ないように又太郎には告げた。

又太郎はこれ以上の人物を求めるのは無理であろうと思えるほど、すばらしく賢明な主君だが、欠点がないわけではない。

遊びが大好きなのだ。なにより退屈が大きらいだから、窮屈な城内でじっとしているのは、たまらないだろう。抜けだしたくてならないにちがいなかった。

直之進は、そのあたりが気にかかってならなかった。

しかし、船上で気をもんだところで仕方ない。

とにかく、島丘伸之丞がすべてを吐けば、なにがあろうと、堀田備中守正朝は確実に失脚に追いこまれる。死をたまわるかもしれない。

それまでの辛抱だ。そんなに長いことではない。

ただ気になるのは――。

直之進は振り返り、胴の間への入口を見つめた。島丘伸之丞の、あの余裕たっぷりな態度だ。

「どうかされましたか」

おきくが案じ顔で直之進を見ている。知らず、東側に見えている崖のような険しい顔をしていたようだ。

直之進は穏やかな笑みを浮かべた。

「すまぬ。ちと考え事をしていた」

そのとき、一羽のかもめがすいと寄ってきて、垣立におりた。そのまま羽を休めている。

「かもめは食べぬのかな」

直之進はおきくにきいた。

まさかそんなことをきかれるとは思っていなかったようで、おきくが目を大きく見ひらいた。

「どうでしょう。あのいるかを食べるのですから、食べてもちっとも不思議はないでしょうけど」

「少なくとも、うまそうには見えぬな。しかし、いるかもそういう点では同じだな」

世の中には、信じられぬものを食べる人たちがいる。信州のほうでは蜂の子を食するというし、考えてみれば、沼里でも盛んに食べられるなまこも相当のものだろう。あれを食べてみようとはじめて思ったのは、どんな人だったのだろう。勇気の持ち主だ。

通りかかった水夫がちらりと見ると、その視線に驚いたように、かもめが飛び立った。

「どうやら食べぬようだ」

直之進はおきくにささやいた。

「はい」

おきくがほっとした顔でうなずく。

仮にかもめを食べる者があっても、それはかもめにとって災難以外のなにものでもない。

誰の身にもいざというときがこないことを、直之進は祈るばかりだった。

八

無念だ。

島丘伸之丞は、体が自由になれば、拳を打ちつけたいくらい怒りに震えていた。

悔しさが、全身に太い針で縫いこまれたように残っている。

倉田佐之助めがっ。あやつさえいなければ、とらえられることはなかった。

こんな縛めでがんじがらめにされることはなかった。

できることなら、この手でくびり殺してやりたい。それができたら、どんなに爽快だろう。

滝上弘之助が湯瀬直之進と狩場川の河原で戦いはじめたとき、最初、二人は互角だった。いや、あれは弘之助のほうが押していたのではないか。

あのままいけば、弘之助は湯瀬をきっと討っていた。

湯瀬直之進も、これまで仲之丞の仕事をさんざんに邪魔してきた実にうっとうしい男だった。体を斬り裂かれ、血しぶきを噴きあげて、ぼろ切れのように死んでゆく光景を目の当たりにすることを、仲之丞は渇望していた。

だが、それを邪魔したのが倉田佐之助だ。どこからかいきなりあらわれ、まかせろ、とばかりに弘之助に躍りかかっていったのである。

倉田は、仲之丞が見た限りでも、生き生きと動いていた。弘之助と戦えることに喜びを抱いていた。

きっと弘之助に煮え湯を飲まされたことが、あったのだろう。意趣《いしゅ》を晴らせる最高の機会を得、それを決して逃がさぬという気迫に満ちあふれていた。

弘之助も実によく戦ったが、徐々に押されはじめた。

剣の力量は互角か、あるいは弘之助のほうがわずかながらも上だったかもしれないが、明らかに気持ちで負けていた。

これはまずい、と弘之助の負けを覚った仲之丞は、狩場川の河原をさっさと逃げだそうとした。だが、弘之助と戦っていたはずの倉田があらわれ、いきなり前途をさえぎられた。

いったいなんだ、こいつは。

化け物としか思えなかった。

いま考えれば、顔ががらりと変わるなど弘之助も化け物だった。つまり、弘之助は化け物対決に敗れたことになる。化け物だったからこそ、倉田は弘之助に勝利したともいえるのか。

眼前に倉田が忽然と姿をあらわしたことに驚愕した仲之丞だったが、必死に刀を振るった。

だが、倉田にとっては幼子の棒振りも同然だったらしく、あっさりとかわされた。次の瞬間、息が詰まった。みぞおちに拳を叩きこまれたのが、はっきりと知れた。呼吸ができなくなり、夜のとばりが一気におりてきたように目の前が暗くなった。

気づいたときには、がんじがらめに縛めをされ、湯瀬直之進が冷たい目で見おろしていた。

仲之丞は身もだえして、放せっ、と大声で叫んだが、そんなことをしたところで意味はなかった。

仲之丞は沼里城内に連れていかれた。縛めが解かれたときはうれしかったが、すぐさま牢に転がされ、喜びは氷を当てられたかのように冷めた。

一人用の牢だった。畳が一枚敷いてあり、これはこれで侍としての扱いは受けているのが知れた。

牢には何日いたのか。

おそらく四日ほどか。もっといたかもしれない。

朝夕、牢番が顔をだした。話しかけても、なにも答えなかった。伸之丞を無視するように命じられているのは、明らかだった。

それがわかったから、あえて伸之丞は牢番が顔を見せるたびに、しきりに話しかけたものだ。

朝夕、牢番がやってきたのは、食事を持ってきたからだ。

いま考えても、反吐《へど》が出るほど粗末な食事だった。

だが、食べないと体が保《も》たないのはわかりきっていた。伸之丞は、無理に口に押しこむようにして食した。

ただ、毒が仕込まれているのではないか、と不意に気づいたときがあった。

とらわれの身となった島丘伸之丞という男は、堀田正朝にとって、最も始末したい者と化したのではないか。こんな食事に毒を入れることなど、あまりにたやすすぎるのではないか。

それから、仲之丞は食事に手をつけられなくなった。食事だけでなく、刺客にもおびえはじめた。殺すためにいつ牢に忍びこんでくるか、それを考え、そればかりを考え、仲之丞はろくに眠れなくなってしまった。

憔悴しきった。身も心も使い古した雑巾のようにぼろぼろだった。

そんな仲之丞の前に、昨夜、一人の女があらわれた。

ついに来たか、と思ったが、どこか幻を見ている気分でもあった。あまりに疲労が積もりすぎて、目がかすんでいた。

「島丘さま」

ささやくような声だったが、明瞭に耳に飛びこんできた。

仲之丞は何度も目をこすった。牢格子の向こうにいるのは、弘之助が連れていた女だった。名は知らなかった。女のくせに、一人前に忍び装束を身につけていた。

この女が刺客か。それもよかろう。

「いいぞ、ひと思いに殺ってくれ。わしはもう疲れた」

「声は低くお願いします」

丁重にいわれ、伸之丞は女を見直した。

「島丘さま、勘ちがいなされませぬように」

「勘ちがいだと」

「声はお低く」

「すまぬ」

「堀田さまの伝言にございます。必ず救いだすゆえ、なにもしゃべらぬように」

伸之丞は信じた。母親の温子《あつこ》は堀田正朝の寵愛が深かった女だ。

「今では駄目なのか」

伸之丞は必死の面持ちで女にきいた。

「今は無理です。私一人ならともかく、あなたを連れては厳しい警護をくぐり抜けるのは、とてもできませぬ」

今しばらく待つように、と女はいった。

「承知した」

伸之丞は、若干の落胆とともに答えた。

「それで、いつ救いだしてもらえる」

「それはいずれお知らせします」

待ち遠しかった。あの女から、まだつなぎはない。いつくるのか。いらだたしい気分がないわけではないが、楽しみのほうがむしろ大きい。

いったいどんな手を使うのか。

伸之丞は千石船に乗っている今、文字通り大船に乗った気分でいる。わしは必ず救いだされる。それはまちがいない。

堀田正朝の手による口封じは、もう考えなかった。

なぜなら、と伸之丞は船の揺れを感じつつ思った。その気だったら、沼里城の牢のなかでいくらでもやれたはずだからだ。

そのことを考えたら、倉田佐之助に対する無念さも少しは薄らいだ。

九

今日で何日目なのか。

もう何日、顔を見ていないのか。

佐之助はこんなに女に恋い焦がれる男というのはどうなのだ、と思いつつ、千勢の顔を脳裏に思い描いた。

首を突っこんだ以上、最後まで見届けるつもりでいるし、それが性分であるのは自分でもわかっているのだが、こんなにも会いたい気持ちを抑えて、正直、自分とはじかに関わりのないことになぜこうまで深く関与しなければならぬのか。

千勢は、きっと自分がどうしているか、心を痛めているにちがいない。

佐之助は文を書き、飛脚に託した。もう届いた頃だろうか。

だが、文くらいでは千勢の心配の種を取り払うことはできないだろう。

本当に沼里には何日いるのだ。

佐之助は自らに問いかけた。ちゃんと数えれば、出てくるのだろうが、それも煩《わずら》わしかった。

宿場などではよく、当地での逗留は十日までに限る、との達しがあり、はやいところなどでは三日以内の逗留に限って許す、というところもあるが、沼里ではそういうものはないのだろうか。

ないのだろう。おおらかな又太郎というこの町のあるじが、そんなけちくさいことをするはずがない。又太郎の父誠興《まさおき》の代からなかったのではあるまいか。

とにかく、すべてのけりをつけてから江戸に戻る。

俺にできることは、それしかない。自分の納得できる形があらわれる前に帰ったら、きっと後悔が待っているにちがいない。

千勢、そういうわけだ。あと少し待ってくれ。だが、すべての決着がつくまで、あと本当にじきだろう。

これは勘でしかないが、佐之助は確信を抱いている。

ちと暑いな。

佐之助は首をねじ曲げて、東の空を見た。太陽が顔をのぞかせている。

箱根の巨大な山塊の北側のほうから、まだまだ太陽は次の季節への衣に身を包もう朝晩は秋の気配が感じられるが、まだまだ太陽は次の季節への衣に身を包む気はないようだ。夏こそが自分に最もふさわしいといわんばかりに、すでに強烈な熱と光を発している。

陽射しだけを取りあげれば、江戸よりよっぽど強いな。まるで気性の激しい女のような気がする。

冬は太陽が元気な分、江戸よりずっとあたたかいらしく、物成りもいいようだ。あくせくせずとも食っていけるのだろう。そのあたりが駿河人ののんびりとした性格を育んでいるにちがいない。

太陽にあぶられた額から、一筋の汗が流れだした。佐之助は指先でぬぐい取り、前に顔を戻した。

目の下に廻船問屋の多丸屋がある。佐之助は多丸屋の向かいに建つ酒問屋の屋根に、腹這いになっていた。屋根瓦の陰から顔をわずかにのぞかせている。

陽射しの強さを除けば、潮をはらんだ風は涼やかで、とても心地よいから、長居していても苦はないが、太陽がのぼるにつれ、背中がこらえきれないほど熱くなってきた。

そろそろおりるか。

暑さに音《ね》をあげるなど、倉田佐之助ではないと思うが、これ以上は耐えられない。

いや、待て。あと四半刻だけ、がんばろうではないか。そのくらいならやれるだろう。

昨夜は、夕方、部屋数の多そうな旅籠に部屋を取った。いつものように高い金を払い、相部屋にならぬようにした。夕暮れどき、旅籠を抜けだし、この酒問屋の屋根にあがったのだ。そのまま多丸屋を見張って、一晩をすごした。

神経をぴんと張りながら、ときおり、うつらうつらした。ときには眠りに落ちないと、さすがに保たないのを、これまでの経験から知っている。

こくりこくりとしたからといって、なにか動きがあったときに見逃すわけがなかった。

昨夜は、多丸屋に動きらしい動きはなかった。

快速船で沼里にやってきた十人の侍は、店に閉じこもったままだ。休息をとり、英気を養っているのか。獣が木のうろで牙を研《と》いでいるようなものかもしれない。

確実に一人、獣を感じさせる男がいた。

ずいぶん前から、目の前の東海道を行く旅人は多い。夜が明ける　刻以上も前に沼里を発《た》つのだ。

早く宿を出て、遅く宿を取る。これは少しでも金を浮かせたい大名行列がよくやることだが、ふつうの旅人もしていることにすぎない。

太陽がのぼってから宿を出る者というのは、日程によほどの余裕がある遊山の者か、相当の金持ちでないと無理だ。

なにしろ旅というのは金がかかるのだ。旅籠で一泊すれば、だいたい三百文はする。出職の職人の稼ぎが四百文から五百文ときいたことがあるから、一日分の稼ぎに近い額が、旅籠に泊まるだけで出ていってしまうのである。

佐之助は再び多丸屋に視線を当てた。もう戸はあき、店の前を丁稚らしい若者が箒で掃き、水を打っている。その屈託のない顔を見る限り、多丸屋の奉公人たちはなにも知らないのではないか。

いったいやつらの狙いはなんなのか。

佐之助はあらためて考えてみた。

堀田家の侍なら、やはり又太郎か。

だが、島丘伸之丞がとらえられた今、又太郎のことなど、どうでもいいはずだ。今さら又太郎の命を縮めたところで、なにになるというのか。

となると、又太郎ではないのか。

ほかに考えられることはなにかあるか。

佐之助は首をひねるしかない。

ただ、昼間のあいだは、ずっと張りついている必要はないのではないか。佐之助はそんな気がしている。

やつらが動くのはきっと夜だ。

心のなかに、大黒柱のような揺るぎのない思いがある。

よし、行くか。

予定の四半刻よりだいぶはやいが、佐之助はするすると動いて屋根の端まで来た。そこから、人けのない路地に音もなくおりた。

形ばかりに着物についた埃を払い、歩きだす。

これから、昨日できなかった多丸屋のことも調べてみるつもりだった。

どこに行けば、調べられるか。

こういう場合、多丸屋と競っているところが、より口が軽いのではないか。

佐之助はいったん旅籠に帰った。

「あれ、お出かけでしたか」

宿の者が驚いたようにいう。

「ああ、朝の散策に出ていた。町に塵一つ落ちていない。いい町だな」

「それはどうもありがとうございます」

奉公人はにこにこした。

「朝餉《あさげ》はいかがされます。もう召しあがりますか」

「うん、もらおう」

佐之助は階段をあがり、二階の一番奥の間に落ち着いた。ここなら、もし誰かが忍び寄ってきたとしても、気配を覚れる時間がある。

食事が運ばれてきた。

まさか毒が入っていることはあるまい。

佐之助は箸を取り、食べはじめた。かなり腹が減っていた。

食事は旅の楽しみの一つだが、この宿はなかなかいい。わかめの味噌汁、冷や奴、あさりの煮つけ、鰻。それに五分づきの飯にたくあん、梅干しだ。鰻は、平皿に二きれがのっている。

「鰻が朝からつくなど、豪勢だな」

給仕をしてくれる女中にいって、佐之助は一きれの鰻を箸でつまんだ。飯の上に置き、さっそく口に運ぶ。

鰻の脂の旨みとこくのあるたれが混じり合い、それに飯の甘みが絡んで、旅籠がだすものとは思えないほどうまい。沼里の鰻の名店冨久家《ふくや》にははるかに及ばないとはいっても、これはこれですばらしい。

「うまいな」

「ありがとうございます」

目が丸く、頬も丸い女中がうれしそうに頭を下げる。

佐之助は食事をしつつ、ここできいてみるのもいいかもしれぬ、と考えた。

「おまえさん、廻船問屋の多丸屋を知っているか」

「はい、存じています」

女中がこくりとうなずく。

「あそこは江戸に本店があるんです。いろいろなお大名とお取引をしているようですね。とても手広く商売をされていると、うかがったことがありますよ」

「そうか。大きな店なんだな」

「はい、沼里に店をだしている廻船問屋では、一、二を争うのではないでしょうか」

「そうか。ということは、沼里とも取引が繁くあるんだな」

「どうでしょう」

女中が首をひねる。

「店をだしたのは、ほんの半年ばかり前ですから、そんなに取引をしているとは思えません」

「まだそんなものなのか」

「ええ、前にあそこにあった廻船問屋が潰れたんです。海で大きな事故があって。そこを買い取って店をひらいたんです」

これはつまり、又太郎を廃し、意のままに操れる大名を沼里に置くという陰謀は、かなり前から進んでいたと見ていいのだろう。

多丸屋の者が、沼里のあるじの首をすげ替えることをあきらめていないというのは考えられるか。

考えにくい。どのみち堀田正朝の悪事がつまびらかになれば、多丸屋も無事ではすまされないだろうから。

「お客さん、多丸屋さんと商売をしようと思っているんですか」

「沼里の物産を江戸に売りこむつもりでいるんだ。いいものがそろっているからな。多丸屋は、いろいろと考えているうちの一つというところだな」

「物産を。でしたら、是非、沼里の地生えの廻船問屋をつかってください」

「ほう、そんなことをいうなど、ずいぶん熱心だな」

「あたしは沼里の生まれですから、よその土地から来た店に横取りされるのは、いやなんです」

「気持ちはわかる。とても沼里が好きなんだな」

「はい、ここで暮らしている人は、みんな、この町が大好きです」

「そうか。それはうらやましい」

「お客さんは江戸の人ですか」

「そうだ」

「でも、正直にいうと、江戸にも行ってみたい気持ちはあります」

「おまえさんは若い。そういう気持ちがあるのは当然だ。若いうちに外の世界を見ておくのはとても大事なことだろう」

えらそうなことをいって、自分はどうなのか。ずっと江戸にしがみつき、離れようとしなかったではないか。

佐之助は茶を喫した。苦みが心を落ち着かせる。さすがに駿河で、ちゃんとした緑茶である。他の土地では、よくてほうじ茶がせいぜいだ。

「地生えの廻船問屋をつかうとしたら、どこがいい」

女中がにっこりと笑う。

「黒佐屋《くろさや》さんが一番だと思います」

旅籠の女中から引きだすことができたのは、ここまでだった。

朝餉を終えた佐之助はひげを当たり、身なりを整えて、いま道をきいたばかりの黒佐屋に向かおうとした。

「お出かけになりますか」

宿の番頭が土間で声をかけてきた。

「たった今、女中からお話をうかがいました。沼里の物産を、江戸にお売り込みになるとの由《よし》」

「うん」

「黒佐屋さんには手前がご案内いたします」

話が大袈裟になってきたな。

佐之助は心中で苦笑した。

「では、頼もうかな」

番頭が、では行ってきますよ、と宿の者たちに声をかけて、佐之助のために暖簾を外に払った。

「こちらでございます」

番頭が先導をはじめた。

旅籠から五町ほど南にくだった場所に、黒佐屋はあった。沼里ではきっての老舗《しにせ》らしく、構えは広い。江戸の呉服を扱う大店《おおだな》の間口くらいは優にある。建物もかなり古く、風格といったものを醸しだしていた。老舗の自信というのが、にじみ出ている。

大勢の人が、繁く出たり入ったりしている。背後には狩場川が流れ、河岸が設けられているようだ。

暖簾は固定され、出入りに邪魔にならないようになっていた。

番頭がまずなかに入り、店の者を呼びだした。佐之助は少し遅れて土間に立った。

おびただしい奉公人がいる。帳面を見たり、算盤《そろばん》を弾いたりしている。算盤や帳簿を手に、奥に姿を消す者もいる。誰もが額に汗して、必死に働いていた。これが人として、本来あるべき姿のように思えた。

佐之助は奥の客間に通された。旅籠の番頭は、黒佐屋の番頭にここまでやってきた理由を述べて佐之助を引き合わせると、よろしくお願いします、とどちらにいうでもなくいって、去っていった。

黒佐屋の何番目の番頭かわからないが、恰幅のいい男は多巳造《たみぞう》と名乗った。

佐之助は、まだ本決まりではなく、沼里の様子を見極めに来たにすぎない、とまず告げた。そういう事情なので、自分の名もいえないし、店の名も教えられないといった。

「なるほど、さようですか」

多巳造がうなずく。

「沼里は、だいぶご覧になりましたか。当地の物産を江戸に売りこむとのことですが、どのような物をお考えになりましたか」

「もうだいぶ腹はかたまっています」

佐之助は、つるつるになっている顎を軽くなでた。

「ですので、あとは、どうやって江戸に運ぶか、そのことが手前が重きを置くところになっています」

多巳造がうかがうような目をする。

「当店にやらせてもらえるかもしれないのですか」

「実績がある店がいいと考えています。やはり安心ですし」

「当店は、沼里の廻船問屋のなかで、江戸との結びつきは一番です。それは嘘でも自慢でもありません。ただの真実です。江戸には支配も置いてありますし」

佐之助は微笑を浮かべた。

「一つ、考えていたのは、多丸屋さんです。あそこは江戸が本店ですから、江戸との結びつきは相当深いでしょう」

「しかし、ここ沼里とはまだ薄い。支配ができて、まだ半年足《た》らずですから」

佐之助はわずかに身を乗りだした。

「正直、多丸屋さんの評判はいかがですか」

「あまり芳《かんば》しいものではありません。これは商売敵だから、いっているわけではありません。荷を運ぶのはとてもはやいらしいのですが、扱いが雑で、品物の破損が多く、よくもめごとが起きているようです」

「なるほど」

佐之助は相づちを打って、言葉を続けた。

「あの店は、今をときめく老中首座の堀田備中守さまとつながりが深いときいたことがありますが、まことですかな」

多巳造がいやな顔になった。

「手前も、それは噂できいたことがあります。本当かどうか、知りませんが、堀田さまの居城のある佐倉に支配をだしているのは確かなようです」

多巳造が上目遣いで見る。

「老中首座との関係が強いほうが、商売がやりやすいと考えていらっしゃるのですか」

「別にそのようなことは」

佐之助は穏やかに首を振った。

「大きな声ではいえないが、あのお方のことはあまり……」

それをきいて多巳造の表情が、陽が射したように晴れやかになった。

多巳造や他の奉公人の見送りを受けて、黒佐屋を辞した佐之助は、さてこれからどうするか、と思案した。

やつらの狙いがなんなのか、それだけが気になっている。

確かめてやる。

佐之助は決意した。

夜を待つか。いや、どうせ動くのは夜にちがいない。

忍び入るのなら、今だ。

佐之助は多丸屋の背後に出た。幅二間ほどの川が流れ、何艘かの荷船が河岸に着いていた。手代や番頭らしい者たちが帳面を手に動きまわり、人足たちがその指示に沿って荷の積み卸しをしていた。

その表情を見る限り、多丸屋の奉公人たちは仕事に精をだしている。ほかのことは目に入っていない。やはり、後ろ暗い企みは知らないのだろう。

さすがに、もともとは廻船問屋の建物だけに、かなり広い。忍びこむのに、さしたる手立てを考えずにすみそうだ。

佐之助は、隣の家とのあいだに土塀があるだけなのを見た。

隣家は、金物を扱っている商家だった。庭の端に、蔵が建っているのが塀越しに見えている。

金物屋の裏手も河岸になっているが、船は一艘も着いていない。多丸屋のにぎやかさとくらべ、静かなもので、むしろひっそりとしている。

商売をもうたたんだのではないか、と思えるほどだが、今朝、向かいの酒問屋の屋根から見たところでは、朝早くから客がけっこう入っていた。

佐之助は多丸屋の者たちの視野から外れるように動いて、多丸屋の裏口に来た。土塀に頭をもたれさせ、背後の気配を嗅いだ。

よし。

佐之助はちらりと多丸屋の者たちに視線を投げた。こちらに注目している者はいない。強い陽射しを浴びて、流れだす汗をふきつつ働いている。

佐之助はあたりに人がいないのを確かめ、さらに、こちらを眺めている者がいないのも見届けてから、土塀に手をかけ、宙を飛ぶように乗り越えた。

誰にも見られておらぬ、という確信があった。

敷地自体はかなりの規模だが、こぢんまりとした庭が右手にあるだけで、あとは殺風景に赤い土が広がっているだけだ。

縦長の母屋が左手に建っているが、そこには人けが感じられない。昼間は、表のほうに人手が集まっているのかもしれなかった。

佐之助にとっては都合がよかった。多丸屋との仕切りになっている土塀に歩み寄り、向こう側の気配を探った。

人けはない、と判断し、佐之助は土塀をひらりと越えた。地面に足をつく。

木々が茂って、ちょっとした林をつくっていた。視線を走らせ、その向こう側を見る。

正面に母屋が建っている。左手に小さな稲荷があった。右側に土蔵が二つ、並んでいる。さほど大きなものではなかった。

草花や石が配置された庭が見える。そこに離れらしい建物はなかった。

ということは母屋だな。

母屋自体は立派な建物だ。この家の前の主人の威勢が、相当のものだったことを感じさせる。

佐之助は林のなかを動き、端に立つ大木の陰で足をとめた。

再び気配を嗅いだ。屋敷の裏手の河岸と、店に当たる表のほうで、人がより激しく動いている。

母屋は静かなものだ。あの十人の侍が本当にここにいるのだろうか、という気になってしまう。もしや、知らぬうちに出かけたのではないか。

そんなことはない。確実にここにいる。それはまちがいない。

佐之助は人がいないのを確かめるや、林を出た。五間ばかりの距離を走り抜け、母屋の壁に背中をつけた。

しかし俺は、いったいなんのためにこんなことをしているのだ。お節介にもほどがあるのではないか。

佐之助は心中《しんちゅう》で首を振り、その思いを打ち消した。

母屋の壁を見た。漆喰《しっくい》の壁だ。どこかのぼれるところはないか。

見当たらない。

視線を動かした佐之助は、礎石の上に柱が立っている場所があるのを見つけた。床下が口をあけている。

佐之助は近づき、姿勢を低くしてもぐりこんだ。かび臭さに身を包まれる。土が湿り、どこからか肥のにおいもする。

かまわず前に進んだ。かくようにすると、土が手に一杯についた。

佐之助は床下をうろうろし、十人の侍がどこにいるのか、探り続けた。

母屋の一番端、廊下の突き当たりになっている部屋の下で、濃厚な人の気配を感じた。

ここか。

佐之助は神経を上に集中した。

だが、私語はなにもきこえてこない。

かすかにいびきがきこえている。昼間から寝ている者がいるのだ。ときおり紙がこすれるような音が耳に届く。本でも読んでいるのではないか。

誰もが退屈を持て余しているようだが、勘ちがいか。

しかし、ひとたびなにかあれば飛び起きるだけの気持ちで眠っている。本を読んでいても、すぐさまうつつの世界に戻れる心構えをしている。

やはり、頭上の者たちはなまなかな者どもではない。

こいつらは、いったいなにを狙っているのか。

また思案がそこに戻ってきた。

一人をかどわかして、口を割らせるか。

そんなことも考えた。

だが、そこまでする必要はない。やつらはきっと動くのだ。

今は黙って見守るしか、手立てはないようだ。

なにも得られなかったな。

敗北にも似た思いを抱いて、佐之助は多丸屋の外に出た。

旅籠に帰った。

「しばらく眠るから、起こさないでくれ」

宿の者にいって、部屋にあがった。隅に寄せてある布団を敷く気はない。徹夜している以上、下手をすると熟睡してしまう恐れがある。

佐之助は腕枕をし、畳の上に横になった。


なにかがきこえてくる。

鳴物だ。

ずいぶんとにぎやかだな。

佐之助ははっとした。飛び起きる。

眠っちまった。

障子が閉まっている窓に目をやる。薄暗かった。

俺としたことが。

どれだけ寝たのか。三刻ほどはまちがいなく眠った。

俺はいったいどうしちまったのか。

こんなことは今までなかった。倉田佐之助が段々と倉田佐之助でなくなってゆく。


寝てしまったものは仕方ない。今さらぐちぐちいってもはじまるまい。

佐之助は気持ちを切り替えることにした。

鳴物は相変わらずきこえてくる。祭りのように心を惹く音だ。

佐之助は下におりて、女中に飯を頼んだ。はい、ただいまといって、女中が厨房に走ってゆく。

だいぶ客が入っているようで、旅籠の奉公人でぼんやりと突っ立ったままの者は、一人としていなかった。誰もが小走りに動きまわっている。

女中たちが飯の膳を重ねて廊下を突き進むが、誰にもぶつからない。いくら手慣れているとはいえ、たいしたものだ。

佐之助はその様子が楽しくて、しばらく見入っていた。

部屋に戻る。四半刻ほどして、失礼いたしますと声がかかった。腰高障子があき、女中が膳を運んできた。

「お待たせして、たいへん申しわけないことでございます」

「別にかまわんよ。忙しいのだから、仕方あるまい」

「はい、そういっていただけますと、助かります」

多分、文句をいうやつはたくさんいるのだろうな。

佐之助は食事をはじめた。千勢が特においしい、といっていた鯵の干物が主菜だ。ほかには揚げ豆腐、じゃこ、海苔、あさりの味噌汁といったところだ。

鯵の干物は確かにうまい。まず鯵が新鮮そのもので、脂ののりがいいのに加え、塩加減が絶妙といっていい。

「こいつはすごい」

「さようですか」

女中が白い歯を見せ、頬を揺らすように笑う。

「これは売り物か」

土産として持って帰ったら、千勢がどんなに喜ぶだろう。

「ええ、うちでつくっているんですけど、ほしい方がいらっしゃれば、いくらでも売りますよ」

「どのくらい保つんだ」

「うちのは塩気があまりないんですよ。この時季でもありますし、せいぜい三日というところではないか、と思うのですが」

「ところであれはなんだ」

佐之助は鳴物のことをきいた。あれは昨夜もきこえていた。

「あれですか。上方のほうから、評判の舞姫が来ているんです」

場所をきくと、ここから三町ばかり南にくだったところだそうだ。

「富田屋《とみたや》さんという金物屋さんのすぐ近くですよ。観に行かれますか」

富田屋というと、今日、多丸屋に忍びこむにあたり、最初に入らせてもらった家のことだろう。

「舞姫というと、どんな踊りをするんだ」

佐之助はおかわりをもらいながら、きいた。

「ええ、あたしもまだ観ていないんですけど、行った人にきくと、実際に踊りとなったら鳴物もなく、ただひたすら激しく体をはねあげるように踊るだけらしいんです。でもその動きがすごくて、観る者の目を惹きつけて離さないそうですよ」

観に行ってみるか。

佐之助はいったいどんな踊りなのか、強い興味を惹かれている。

第二章

一

刀をすっと引き抜き、静かに目の高さにかざす。

さすがに又太郎の所持刀だけのことはあり、良質の鉄がつかわれた刀身の重厚さ、吸いこまれるような光沢、氷のように冷たく澄み切った刃《やいば》というのには目をみはらされるが、もう何度も手入れを繰り返したから、正直、平川《ひらかわ》琢ノ介は見飽きてしまった。

城中というのは、本当にすることがない。そのことに、琢ノ介は驚きを禁じ得ない。

自分も長くあるじ持ちだったから、そんなものであるのはわかりすぎるほどわかっているつもりだったが、手足を存分に伸ばせる浪人暮らしがもう当たり前になっており、ここまで堅苦しかったか、と信じがたいものがある。

殿さまというのはたいへんだなあ、というのが偽らざる率直な感想だ。

やはり、なるものではないな。

琢ノ介は刀を鞘におさめた。

やはり庶民のほうが気楽で、伸びやかだ。やめられぬ。

琢ノ介は立って刀架《とうか》に刀を戻した。

ちらりと、自分の衣服が目に入る。城中にいるのに、浪人のような粗木ななりではさすがにまずいということで、又太郎から上質な着物を与えられた。

さすがにいいものはちがう。ゆったりして、ふんわりと体になじむ。

これまで生きてきて、着心地という言葉を脳裏に浮かべたことは一度もなかったが、なるほど、こういうことをいうのか、とはじめて実感できた。

ちょうど又太郎が戻ってきた。うしろに小姓がついている。

にやりと琢ノ介に笑いかけてきた。厚い座布団の上に座り、脇息にもたれる。

「平川、退屈この上ないという顔をしておるぞ」

琢ノ介は笑い返した。

「又太郎さまに、そっくりお返ししたい言葉にござる」

又太郎が苦笑して、首を傾ける。

「ときを持て余しているような面つきをしているか」

「はっ。大きな声では申せませぬが」

「そうか」

又太郎がとんとんと自らの肩を叩いた。

「お叩きいたしましょう」

かたわらに控える小姓の一人が又太郎にいった。

「では、頼む」

小姓がうしろにまわり、失礼いたします、と断ってから、又太郎の肩を拳の腹で打ちはじめた。

駄目だな。

琢ノ介はすぐさま看破した。

あれでは、気持ちよくあるまい。

又太郎は家臣思いだから、目を閉じてうっとりしたような顔をつくっているが、小姓は痛くないようにと気をつかいすぎて、あまりに軽くしすぎている。肩叩きにもこつがあるのだ。

さて、どうすべきか。

琢ノ介は考えた。あまり露骨に、代わろう、などといったら、自分の拙《つたな》さに気づいて小姓が傷つくだろう。

いい手立てではないか。

さして考えなかった。

「高山《たかやま》どの」

琢ノ介は、又太郎の肩を叩いている小姓に呼びかけた。

「体にはつぼがあるのをご存じか」

「はっ、名だけはきいたことがあり申す」

手を休めずにいった。又太郎が目をあけ、琢ノ介を見ている。

「体のどこにどういうつぼがあるか、ご存じかな」

「いえ、知り申さぬ」

「ならば、わしが教えるが、よろしいか」

高山が戸惑ったような顔で、又太郎に視線を転ずる。

「一之助《いちのすけ》、教えてもらうがよい」

「はい」

それをきいて琢ノ介は立ちあがり、高山の隣に立った。

「では、ちと代わろうかな」

琢ノ介は又太郎の肩を、まずは軽くなではじめた。

「最初はこのくらいでよろしいのでござる。血の流れをまずよくしてやってから、叩いたほうが効果があり申す」

「そういうものにございますか」

「さよう。ここにつぼがあり申す。首筋と肩先のちょうどまんなかですから、すぐにわかります。肩井《けんせい》といいます」

琢ノ介はどんな字なのか、伝えた。

「押すとくぼむゆえ、井戸の井の字が当てられたとききますぞ」

「なるほど、肩井でございますか。なにに効《き》くのでございましょう」

「肩こりですな。こうやって押します」

琢ノ介は肩井に中指を押し当て、薬指と人さし指を添えた。

「こうして、熱いお茶をすするくらいのあいだ押して、また同じくらいのあいだ離す。これを繰り返すのでござる。そうすると卓効《たっこう》を得られますぞ」

「ほう、さようでございますか」

高山一之助は目を輝かせている。

琢ノ介はほかにも肩こりによく効くつぼとして、天柱《てんちゅう》、大椎《だいつい》、秉風《へいふう》、肩外兪《けんがいゆ》などの場所と押し方を教えた。

「あまり強くやるのはよくありませんが、ちょっと力をこめてあげたほうが、気持ちよいものでござる。痛いけれど気持ちよい、というくらいが一番よろしい。大事なお殿さまだからといって、やわらかく押す必要はまったくござらぬよ」

「よくわかりました。ありがとう存じます」

高山が深く頭を下げる。

「では、やってあげなされ」

琢ノ介は高山と代わった。高山が真剣な顔で、まずは肩井を押しはじめた。

「おう、気持ちよいのう」

又太郎が肩から力を抜いて、ほっとしたような声をあげた。

「高山どのは飲みこみが早い、ひじょうにお上手ですぞ」

琢ノ介は笑顔でほめた。

「のう、又太郎さま」

「うむ、平川の申す通りだ」

「さようですか」

高山が又太郎にほめられて、うれしそうにする。

又太郎がうっとりして、目を閉じる。

「おう、これは気持ちよい。このまま寝てしまいそうだぞ」

ぴしりと小気味いい音をさせて、又太郎が駒を動かした。

「平川、先ほどはありがとう。高山への気づかい、うれしかったぞ」

今は二人きりで将棋を指しており、ほかにこの又太郎の部屋には誰もいない。

「いえ、それがしは気づかいなどしておりませんよ」

「そんなことはなかろう。それに、平川は教え方が実にうまい。余も見習わなければならぬ」

「そのあたりは、ほめていただいてけっこうにござる。町道場で剣術の指南役をしておりましたゆえ、そのあたりの機微や呼吸は心得ており申す」

「すばらしかった。一之助も指圧がうまくなってくれれば、余としてもありがたい」

「うまくなりましょう。又太郎さまを喜ばせたい一心の男のようですから」

　琢ノ介は銀《ぎん》を右上に動かした。あっ、しくじった。心で声をあげた。

「又太郎さま、これは戻してよろしゅうござるか」

「別にかまわぬ」

「ありがたし」

　琢ノ介は桂馬《けいま》を飛ばした。

「平川、それでよいのか」

「えっ」

　盤面をじっくりと見直す。別に妙なところはない。

「はい」

「ならば、これでどうだ」

　角《かく》がすうと斜めに伸びてきて、桂馬の横に張りついた。

「あっ」

　銀と飛車の両取りだ。飛車を逃がした場合、銀を取られ、しかも自陣に飛びこまれてしまう。

「待ったはありでございますか」

「別にかまわぬが、平川、もうこの勝負はあったぞ」

「えっ、さようにございますか」

「うむ。どうやっても平川の勝ち目はない。なにより平川は下手だ」

「そんな」

「いい方がきつすぎたか。はじめる前に、駒の動かし方しか知らないと申したが、誇張ではなかったな」

「申しわけないことで」

「よい」

又太郎が茶をすする。

「しかし平川、退屈よな」

「はあ」

又太郎がぽりぽりと鬢をかく。

「これが直之進の言葉でなかったら、とっくに城外に出ておるのにな」

「それほどあの男の言は、大事にございますか」

「うむ、余の命を救ってくれた男の言葉ゆえ、尊重せねばならぬ」

「又太郎さまは、まじめな方にございますなあ」

「大名というのは、一言一言が家臣の命を左右しかねぬゆえ、まじめにならざるを得ぬのよ」

「そういうものにございますか」

「そうだ」

よく又太郎のそばにやってくる家老が一人いるが、その男はかなり口うるさい。しかし又太郎は決して煙たがってはいない。むしろ、気にかけてくれることをうれしがっている様子に見える。

このあたりは、直之進が心服しているだけのことはある。

「ところで平川、きいているか」

将棋盤を片づけていて、琢ノ介は不意に又太郎に呼ばれた。

「はて、なにをでございますか」

「舞姫のことだ」

「ああ、評判の踊り手とのことですな」

「観に行かぬか」

「しかし、先ほど直之進の言を尊重するとおっしゃったばかりですが」

「尊重してきた。直之進の言葉を守り、ずっと城内でじっとしておったぞ。執務のあとも酒を飲まず、退屈に耐えていた。だが、もはや辛抱がきかぬ」

「お気持ちはわかりますが、又太郎さま、ここはやめておいたほうが」

「いいと申すか」

「御意《ぎょい》。やはり直之進にも、又太郎さまのことが案じられたゆえ、外に出ることのないように、と申したのだと思います」

「平川は外に出たくないのか」

「正直申せば、出たい気持ちはございます」

又太郎と一緒にいれば、きっと楽しいことがあると思って沼里に居残ったのだ。

「ならば、一緒に行こうではないか」

「しかし、それはできませぬ。直之進と約束しましたゆえ」

「余を外に行かせぬということか」

「決して目を離さない、ということにございます」

「ならば、一緒に来ればよいではないか」

「そうはまいりませぬ」

「よし、わかった」

膝をはたいて、又太郎がすっくと立ちあがった。

「平川が行かぬでも、余、一人でまいる」

「えっ」

又太郎がずんずんと進み、襖の引手に指をかけた。振り返る。

「平川、本当に来ぬのか。余、一人で観に行ってもあまり楽しくないかもしれぬ」

まいった。

琢ノ介は頭を抱えたくなった。だが、もうまちがいなく押し切られた。

琢ノ介は仕方なく立ちあがり、又太郎のうしろについた。

又太郎がにっこりと笑う。まるでいたずらっ子のような笑みだ。

「それでこそ平川だ」

沼里に居残った理由をまちがいなく見抜かれていた。

すっかり夜のとばりがおりている。

厚い雲が空を覆っている。どんよりと垂れこめていた。

降りだすような気配はない。雨をはらんでいない雲だ。その雲を伝うように、どこからか鳴物の音がしてきていた。

祭りを思わせ、心躍らせる音だ。気分が自然に浮き立つ。

きっと又太郎も気持ちが弾みはじめているにちがいないが、無言で前を行っている。進め、というときは、右手の人さし指をちょいちょいと曲げる。

それにしても、さすがに又太郎で、城内の人がいないところを巧みに進んでゆく。一人もいない道を熟知している。

これまでに又太郎が何度も同じことを繰り返しているのが知れた。

お忍びで城外に出ていたのか。よく無事でいられたものだ。きっと悪運が強いのであろうな。

だが、と琢ノ介はすぐに気づいた。この逆をたどってゆきさえすれば、又太郎のそばまで容易に近づけるということにほかならない。

ついに又太郎は搦手門《からめてもん》の近くまで来た。どうするのか、と琢ノ介は思った。

又太郎は搦手門までは行かず、その手前に設けられている階段をのぼった。これは堀に面した塀の武者走りにつながる階段だろう、と琢ノ介は見当をつけた。

上にあがると、武者走りが三角や四角、丸など様々な形をした鉄砲狭間のついた塀に沿って続いているのが、闇のなかにうっすらと見えた。

又太郎が、一際《ひときわ》大きな松の木の根元の草や葉っぱなどを取り除きはじめた。

出てきたのは綱だった。ご丁寧に、闇に溶けこむように黒く染められている。しかもかなり長い。

「まさか特別につくらせたわけではないでしょうね」

又太郎がにっと笑う。白い歯が光るように見えた。

「さすがにそこまではせぬ。以前、近郊の村々を見てまわったとき、一軒の庄屋にあったのをもらってきたんだ。これはつかえる、と直感してな」

「それにしても、よくこのような綱、見つけましたね」

「必要だと思っている者に、天は配剤してくれるものだ」

松の木にがっちりとつないだ又太郎が綱を塀越しに投げる。

「行くぞ」

又太郎が綱を伝い、塀の上に乗る。それから、綱を握ってゆっくりとおりはじめた。

「平川、来い」

いわれて、琢ノ介は又太郎に続いて綱を手にした。

どうしてこんなことに。

「どうした」

「いえ、なんでもありませぬ」

琢ノ介は、なかなか塀を乗り越えられなかった。

これでは、豚ノ介といわれても仕方ないな。

あたりは闇に包まれ、人の気配はまったくない。蛙の鳴き声と鳴物だけがきこえてくる。風もほとんどない。

下を見ると、堀の水面すれすれまで綱の先が届いていた。

どこにおりるんだ。まさか、堀を泳ぐつもりじゃないだろうな。

手慣れた様子で、又太郎が綱を伝っておりてゆく。堀には体を浸けず、野《の》面積《づらづ》みの石垣がやや出っ張っているところに足を置いた。

それから、一間《いっけん》ばかり横に動き、搦手門の土橋のすぐそばに身を置いた。琢ノ介を見あげてきた。手を軽く振って、早く来い、と合図する。

これをおりるのか。

高いところが怖い琢ノ介は後悔した。

やはり、どんなことをしてもとめるべきだったな。

しかし、今さら悔いても遅い。どうにもならなかった。

琢ノ介は綱を握り締め、足をかくようにしておりていった。

気分としては万丈《ばんじょう》の崖をくだっている。そのくらいときの経過が遅く感じられた。なかなか足が石垣につかない。

ようやくついたときには、汗がどっと泉のようにわいてきた。

助かった。しかし、帰りはこれをのぼらねばならぬのか。

白く見えている塀まで、いやになるほど高い。うんざりだった。

その気持ちを押し殺し、琢ノ介は石垣の上をそろそろと動いて、又太郎の隣にやってきた。

又太郎が土橋に腕の力をつかってあがる。琢ノ介も続いた。

背後の搦手門には番士が詰めているが、土橋は無人だ。これだけ暗くては、搦手門からはなにも見えないだろう。

土橋を渡りきって、道に出た。又太郎が足をとめ、懐から取りだして頭巾《ずきん》をした。

「平川もせい」

えっ、どうしてわしまで、と琢ノ介は思った。

だが、琢ノ介は袂《たもと》から手ぬぐいをだし、ほっかむりをした。

盗人にでもなったような気分だ。

鳴物の音がし、さんざめく雰囲気が濃厚に漂い、それが風に乗ってくる。祭りのような人波が動いてゆく。その波に身をまかせるだけでよかった。

「このあたりは仲町《なかまち》、といううんだ」

ゆったりと歩きながら又太郎がいった。頭巾のせいで声がくぐもっているが、瞳が生き生きと輝いて、城中にいるときとは別人になっていた。

本当に退屈していらしたのだなあ。

跡取りの時代から、よく一人で遊びまわっていたといっていたが、本音をいえば、その頃に戻りたくてたまらなかったのではあるまいか。殿さまになどなるものではない、と思ったのは、琢ノ介だけではない。

「なにかいわれがあるのでございますか」

琢ノ介はほっかむりを直して、又太郎にきいた。

「すまぬ。余は知らぬ」

又太郎が小さな声で答える。

それも無理はあるまい。又太郎はずっと江戸で育ったのだから。なんでも一所懸命になる性格だから、沼里のことも必死に学んだり、調べたりしたのだろうが、すべてに手が及ぶわけではない。

「いえ、別に謝られるようなことではございませぬ」

琢ノ介は本心からいった。

「ありがとう。——平川、しばらくのあいだ、余はつかわぬ。俺、でいくゆえ、面食らわぬように」

「承知いたしました」

舞姫が踊る場所は、仲町の狩場川沿いにひらけたちょっとした空き地だった。風の通りがよく、涼しい。これなら蚊の襲来にも悩まされないかもしれない。

数百ではとてもきかない群衆が、集まっていた。

琢ノ介は又太郎に引っぱられるように、前へ前へと人垣をかきわけて進んでいった。なんだよ、なにするんだよ、という声には、すまぬな、といって手刀《がたな》をつくって頭を下げてゆく。

それだけで次々に道があいてゆくのだから、このあたりは、まさに人徳としかいいようがなかった。

ついに一番前に出た。さらに風の通りがよくなった。人いきれで汗だくになった体には、実に心地よい。

舞台ができていた。といっても、桟敷《さじき》のような粗末なものだが、遠くから見えるという点では、高さは十分だった。舞台の両側に篝火《かがりび》が焚《た》かれ、どこかこの世でないような雰囲気をつくりだしている。

もう鳴物の音は消えていた。舞台のあたりだけは、しんとした静寂に包まれている。ときおり篝火の薪がはぜる音がきこえてくるだけだ。

いつ舞姫はあらわれるのだろう、という群衆の期待は高まり、大波のように盛りあがっている。

だが、なかなか姿を見せない。群衆の期待や興奮をあおるだけあおっている。

ふむ、うまいやり方だな。

琢ノ介は、沼里の町人のように熱狂はできない。どこか冷めている。

うおー、と地鳴りのような声がわきあがった。見ると、舞姫らしい女が舞台にあがったところだった。

一昔前の十二単《じゅうにひとえ》のような着物を身につけている。あれは相当重いはずだが、楽々としなやかに動いている。

舞台の中央に立つと、十二単をいきなり脱ぎ捨てた。おう、という声が町人たちから発せられる。

舞姫は巫女《みこ》のような白い着物に、赤い袴という格好になった。群衆と正対し、深々と辞儀をした。盛大な拍手が起きた。早くしてくれ、という声が飛ぶ。舞姫がにっこりと笑う。

へえ、いい女じゃないか。

化粧のせいもあるのだろうが、大きな目がくっきりとし、鼻筋がきれいに通っている。紅の引かれた唇が篝火に照らされて、淡い光をときおり帯びるのが、とても艶《つや》っぽく見える。

舞姫がひらいた両手を天に向かって突きあげ、その姿勢でまったく動かなくなった。かたまってしまったようだ。

どうしたんだ、と群衆がひそひそといい合いだしたとき、不意に両手を思い切り引き下ろした。

ついに踊りがはじまったのだ。

おー、という歓声が再び仲町の空き地を包みこんだ。

舞姫は確かにすごかった。評判になるだけのことはある。横で、又太郎の目は釘づけになっている。じっと舞姫を見つめたきり、微動だにしない。

琢ノ介も、瞳を動かすことができない。一挙手一投足から目を離せないのだ。

一瞬でも舞姫から視線をはずしたりしたら、もったいないような気持ちにさせられている。

舞姫の踊りには決まりがあるというわけではなく、おのれの気持ちの向かうほうへ向かうほうへとひたすら体を動かしている。神がおりてきて、舞姫の体を借りているような心証を受ける。

いつからか舞姫の踊りから、情熱や恋、愛、情け、怒り、喜び、悲嘆などさまざまな感情があらわれてきていた。

琢ノ介は涙が出そうになった。胸が熱くなる。

又太郎は、どうやら頭巾を濡らしているようだ。しきりに涙をぬぐうような仕草をしている。

すごいな。

舞姫は静寂のなか、一人踊っているだけなのに、鳴物の音がきこえてくるような心持ちになっている。いや、確かに耳のなかで鳴っていた。

いつしか興奮が最高潮に達し、琢ノ介のなかで静かに冷めつつあった。

いったい何者なのだろう。

平静な気持ちを取り戻して、琢ノ介は舞姫を見つめた。

暑さが舞い戻ってきて、琢ノ介はほっかむりをそっと取った。額や頰、顎の汗をぬぐった。

舞姫が琢ノ介を見た。

おや。今、確かに俺を見たぞ。目が合ったものな。

舞姫の視線がかすかに動き、又太郎に移った。

目配せを誰かにした。そんな気がした。

勘ちがいか。

横を見ると、又太郎は舞姫の踊りにいまだに一心に見入っている。

気づいておられぬか。ここは引きあげたほうがよいのではないか。

いやな予感がしてならない。

琢ノ介は又太郎の腕を軽く叩いた。

「どうした」

「あの舞姫、怪しゅうござる。お城に戻りましょう」

「怪しいとは」

「勘にござる」

又太郎は残念そうにしたが、わかった、とすぐにいった。

舞姫の踊りが終わった。群衆の歓声がまたもあたりを覆い尽くした。

なんだ、結局、最後まで居続けちまったな。

舞姫は半刻ばかり踊り続けていた。相当、活力に富んだ体をしているのだろう。鍛え方がちがうのだ。どんな修練をしてきたのだろう。

群衆から、感動の声とともに紙ひねりが投げられる。

舞姫の付人たちがしきりに礼をいって拾い集める。付人は五、六人いた。

いったいいくつの紙ひねりが投げられたものか。相当の大金であるのはまちがいない。

又太郎も投げた。

「いくら放ったのでございますか。まさか小判ではないでしょうな」

又太郎が頭巾に太いしわを寄せて、苦笑する。

「台所の事情が芳しくない。さすがにそこまではできぬ」

一朱《いっしゅ》とのことだ。

「あれだけのものを見せてもらったのだから、本音をいえば、一両くらいぽんとだしたいところだが、ない袖は振れぬといったところだな」

舞姫は舞台からとうに姿を消している。付人たちが、いまだに投げられる紙ひねりを集め続けていた。

「よし、平川、戻るか」

又太郎がさわやかな声音で告げた。気分がすっきりしたようだ。体からも力が抜け、解き放たれつつあった。

「はっ」

二人して歩きだした途端、琢ノ介は、先ほどの舞姫の目配せが気になって仕方なくなった。

あれはなんなのか。

群衆の波に巻かれるように歩を運びつつ、琢ノ介は考えた。

まずいことになりそうな予感がある。琢ノ介は、いつでも刀を抜ける心構えをした。

それを感じ取ったか、又太郎が頭巾の目を大きく見ひらいた。

「急ぐか」

「はっ」

又太郎には、城の搦手門に行く気はないようだ。群衆とともに、まっすぐ大手門を目指していた。

賢明な判断だろう。このまま群衆と一緒なら、襲われることもあるまい。

だが、その琢ノ介の見込みは甘いものだった。

いきなり背後から襲われたのだ。一人の町人が背後から又太郎に近づき、当て身を食らわせようとした。

「危ないっ」

うしろから叫ぶ者がいた。その声のおかげで琢ノ介は気づき、町人を又太郎から引きはがした。

町人のなりはしていたが、中身は侍だった。琢ノ介は一瞬でそれを見抜いた。

町人の格好をした侍は琢ノ介の手を振り払い、腰を沈めた。着物のうちに隠し持っている刀に手を置いたようだ。その動きから、鯉口《こいぐち》を切ったのがわかった。

琢ノ介はかまわず刀を抜いた。汗がじっとりと背筋を濡らしてゆく。

――うわ、なんだ、斬り合いか。

――危ねえ、逃げろ。

――よそでやってくれ。

そんな声が飛びかったが、町人たちはその場を去ろうとしない。円をつくり、興味津々の顔で見入っている。

しくじったな。ものの見事に引っかかっちまった。あの舞姫め、やはり又太郎さまをおびきだす方策にすぎなかった。

又太郎も琢ノ介と同じ思いのようで、かたく唇を嚙んでいる。

「すまぬ、平川。そなたの言葉をきいていたらと思う。今さら申しても詮ないことだが」

後悔しきりの表情だ。

こんなときだが、琢ノ介は又太郎を慰めたくなった。

「いや、それがしも舞姫とやらを観たかったのは紛れもない事実にござる」

琢ノ介は包囲の輪を縮めてくる男を見た。十人ばかりいる。いずれも町人の身なりをしていたが、明らかに侍だった。

こやつらは紛れもなく堀田正朝の手の者だな。だが、いくらなんでも多すぎる。

琢ノ介は、まわりにいる町人たちに向かって声を張りあげた。

「ここにおわすは、沼里城主又太郎さまにござるぞ。皆の者、この不埒なやつらを追い払ってくれい」

まわりの町人たちから、失笑ともつかない笑いがわき起こった。琢ノ介が期待したものとはまったく反対の結果だった。町人たちには、これが芝居と映ったようだ。

瞳をぎらぎらさせた侍たちが、わずかずつだが、確実に近づいてくる。網が今にも打たれんとしていた。

二

いきなり、大波が打ちつけたような歓声が耳を打った。すぐそばだ。

佐之助はそちらに目を向けた。

篝火が焚かれているのか、ぼんやりとした明かりが、狩場川のほうの空に淡い光の筒をつくりあげていた。

大勢の人がざわめく物音がしている。興奮や熱気、高ぶりが、大気を弓の弦のように震わせてはっきりと伝わってきた。さんざめくといういい方が正しいのだろう。とうに鳴物はやんでいた。

はじまったようだな。

佐之助は評判の舞姫の踊りを観たかったが、多丸屋のほうを優先した。昨夜もしたように、夕刻すぎから向かいの酒問屋の建物の屋根に腹這いになっている。屋根瓦からわずかに顔をのぞかせて、多丸屋になにか動きがないか、身じろぎすることなく、見つめていた。

いい風が吹いて涼しいのが、なによりありがたい。潮のにおいが体を包み、なんともいえない気持ちよさをもたらしてくれる。人というのは、どうしてこんなに潮の香りに惹かれるのか。

まさか、海から生まれてきたわけではあるまいな。

まだ旗本の冷や飯食いだった頃、船遊びで江戸の海に出たことがある。さほど沖に出ることはなかったが、船上で潮風を浴びて飲む酒は、いつもの酒にもかかわらず、最高に美味だった。

釣りなどもして、半日近く遊んだが、そのとき一匹のいるかが船のそばにあらわれた。最初はなんの魚かわからなかったが、船頭が教えてくれた。

大きさもかなりのものだったが、ふつうの魚とまったく異なっていたのは、鱗《うろこ》がなかったことだ。それに、目が賢そうで、船のまわりを一緒に泳ごうよとばかりにまわっていた。

人というのは、もともといるかだったのではあるまいか。

佐之助は多丸屋に視線を当てたまま、ぼんやりとそんなことを思った。

千勢は、いるかを見たことがあるのだろうか。おそらくあるまい。あれは船に乗らぬ限り、そうは見られるものではない。

千勢はどうしているだろう。お咲希《さき》は風邪を引いていないだろうか。手習所のみんなとうまくやっているだろうか。

思いはどうしても、千勢たちのことに戻ってしまう。

舞姫の踊りは続いているようだ。いったいどんな踊り方をするのだろう。見物客たちは静かなものだ。固唾《かたず》をのんで見守っているにちがいない。

そこまで引きこむ踊りなのだ。やはり観たかった。千勢と一緒に。

きっと夜しかやらぬのだろう。だとすれば、観るのはどうやっても無理か。

多丸屋を張ることなどやめたくなる。いったい俺はなにをしているのだ、という思いにまたも駆られる。

好きなこともせずに、こんなことをしている。こんなことをして、なにかいいことがあるのか。

舞姫の踊りがはじまってもう半刻近いだろうか。

なにも動きがない多丸屋を見つめて、佐之助は思った。

どんな踊りをしているのかわからないが、全身を目一杯つかっているのは、なんとなく知れる。

それを半刻近く続けているのだから、たいしたものだ。それも毎晩だ。昨日もやっていた。しかし昨夜はたいして惹かれなかった。観たいと思ったのは、旅籠の女中に話をきいてからだ。人間というのは、そんなものなのだろう。

不意に静寂を破って、目の下の通りを駆けてくる足音がした。

といっても、ばたばたとあわてたような様子は感じられない。まるで忍びのように足音をひそめていた。

男があらわれた。多丸屋を通りすぎたと思ったら、店の横に口をあけている路地に駆けこんでいった。

確かあの路地には、多丸屋の通用口があるはずだ。今日の昼間、多丸屋の裏手に出るためにあの路地を通ったとき、塀に入口が設けられていた。

佐之助は耳を澄ませた。

押し殺した声がかけられ、戸があいたのがわかった。

気配が波立ち、すぐにあの男たちが出てきた。庭にひそむように集まっていたようだ。

今も商人のような格好のままだ。刀は帯びていない。だが、羽織のなかに長脇差くらいは隠し持っているようだ。

家路についた大勢の町人が、ぞろぞろと歩いている。評判の舞姫を見たばかりで、興奮冷めやらぬといった表情だ。すごかったねえ、また観たいねえ、いつまで沼里にいてくれるのかねえ、などといい合っている。

佐之助は見失わないように、連中のあとをつけている。やつらは町人たちに溶けるように混じっている。まったく目立たない。だが、足取りだけはどこかきびきびしている。

連中を先導しているのは、多丸屋に走ってきた者だ。

やつらの狙いがついに知れる。

佐之助は胸の高ぶりを覚えた。

いったいなんなのか。今は楽しみすら覚えている。

おっ。

佐之助は気配をあらわにしないように、心で声を発した。

男たちに向けて、手を小さく振る者がいた。小柄な男だ。誰か歩いている者を指し示したようだ。

佐之助は視線を移した。

相変わらず大勢の者がうねる川のように道を動いており、誰を指したのかわかりづらかったが、男たちの動きから見て、どうやら二人組の侍のようだ。

――あれは。

佐之助は目をみはった。

頭巾をしているが、一人は紛れもなく又太郎だ。そして、斜めうしろにいるほっかむりの男は平川琢ノ介だ。

しかし、どうしてあの二人がこんなところにいるのか。

又太郎はお忍びの格好だ。つまり城をひそかに抜け出てきたのだ。

佐之助は一瞬で解した。

舞姫はおとりだ。やはり、やつらの狙いは又太郎だったのか。

「危ないっ」

佐之助は叫んだ。

又太郎になにか危害を加えようとした者を、佐之助の声に気づいた琢ノ介がぐいっとつかんで、又太郎から引き離した。

琢ノ介が刀を抜いた。まわりの者たちは芝居と思っているようで、なにがはじまるんだ、とばかりに熱心に見入っている。

商人のなりをした侍たちが包囲の輪を縮めてゆく。

一人が長脇差を手に琢ノ介に斬りかかる。琢ノ介は避け、胴に刀を払ったが、空振りだった。

その隙に、別の男が又太郎に刀を振りあげて躍りかかった。又太郎は刀を抜いて応戦したが、まるでなっていない。

斬撃はよけたものの、あっさりと倒された。背後から忍び寄った別の男が、刀の柄で首筋を殴りつけたようだ。

又太郎を肩に担ぎあげた男が、うしろを振り返ることなく走りだす。護衛なのか、三人の男がついていた。そのまま狩場川の堤の上に設けられた道のほうへと向かってゆく。

船に乗りこむつもりか。

　佐之助はすでに駆けだしていた。握っているのは匕首《あいくち》だが、連中から長脇差を奪えばいい。

「うわ、本物だ」

「本当の斬り合いだぜ」

「あぶねえぞ」

　町人たちがざわめきだし、恐怖におののいて、わっと逃げはじめた。

　佐之助は、その激流にまともにぶつかってしまった。

なかなか前へと進めない。いらだたしかった。どけっ、と佐之助は大声をだしたが、あわてふためいている者たちの耳に届くことはなかった。
　四、五人の男に囲まれ、琢ノ介も又太郎と同じ運命をたどった。気絶させられた。これも肩に担ぎあげられる。
　ようやく激流を抜けた佐之助は、匕首を手に、指揮をとっているとおぼしき者に向かって突っこんでいった。

「危ないっ」

　一人が気づき、大声を放った。

　又太郎を担いだ男を、佐之助は目でとらえている。決して視線を離すわけにはいかなかった。

いくら夜目《よめ》が利くとはいえ、一度わからなくなったら、まず二度と視野に入れることはできないだろう。

三人の男が佐之助の相手をした。いずれも長脇差を手にしている。

三人ともなかなかの腕で、ときおり鋭い斬撃を繰りだしてくる。だが、この程度の振りをかいくぐるのは、佐之助にとってなんでもなかった。

だが、長脇差を奪うことができない。三人は佐之助を殺そうとしていなかった。こういうことがあるのを想定し、鍛錬に励んでいたように感じられる。

ひじょうに粘り強いのだ。三人で堅陣を形づくっていた。

匕首しか持っていない佐之助は、この堅陣をなかなか破れない。三人には、直之進を思わせるようなしぶとさがあった。

むろん、直之進ほどの腕はないが、三人合わせればかなりのものだ。きっと選ばれて、この三人はこうして組み合わされたにちがいなかった。

佐之助は攻めあぐねた。匕首を繰りだしても、長脇差にあっさりと弾かれた。

姿勢を低くして突っこもうとしても、二人が長脇差を振りおろしてくる。もう一人は二人の斬撃がかわされたときに備えていた。

横にまわりこもうとしても、二人が佐之助に相対し、もう一人は、佐之助に逆を取られないように油断することなく構えていた。

いったいなんというざまだ。

佐之助は自らを唾棄《だき》したかった。

この連中を甘く見すぎていた。湯瀬からもらった刀を持ってくるべきだった。あれを持っていさえすれば、こんな醜態をさらさずにすんだ。

相手のこともろくに知らず、得物を奪うつもりでいたなど、思い上がり以外のなにものでもない。

佐之助が苦戦しているその間に、又太郎たちはどんどん離れてゆく。そう。まずい。

佐之助は焦ったが、どうすることもできない。

しかし、ここであきらめるわけにはいかない。

佐之助は三人と戦いつつ、じりじりと前に進んでいった。あしらわれているのには腹が煮えたが、これは自分のしくじりだ。おのれで始末をつけなければならない。

堤の上の道がうっすらと見えてきた。その前に船だまりのようなものがあり、何艘かの小舟がもやわれている。

そのうちの一艘に、又太郎と琢ノ介が乗せられたのが見えた。ほかの者たちはもう一艘の小舟に乗りこんだ。

佐之助は、なんとしてもこの三人に食らいついてやるつもりだった。そうすれば、やつらは小舟をだすことはできまい。

だが、又太郎と琢ノ介を乗せた小舟を、船頭が棹で突き動かしはじめた。

くそっ。

佐之助は歯を噛み締めた。だが、ここで足をとめる気などない。

手前の小舟の上で、閃光が走ったのが見えた。次いで、どん、と腹を殴りつけられたような音が響いた。

鉄砲だ。

佐之助がどきりとした瞬間、頭の上を強烈な風が通りすぎていった。

情けないことに、一瞬、足の動きがゆるんでしまった。

仲間に当たらないように、あえて遠目に外して鉄砲を放ったのに、佐之助にはそれがわからなかった。

その隙に、体をひるがえした三人がわらわらと駆けだした。

「待てっ」

佐之助は叫んだが、三人の足はむしろはやくなった。

三人との距離ができたことで、放ち手は遠慮なく鉄砲を撃てる態勢にあるはずだ。案の定、今度はしっかりと狙ってきた。

佐之助が頭を下げた途端、轟音が鳴り響いた。今まで胸があったあたりを玉が正確にすぎてゆく。

いい腕だ。この闇のなか、ここまで撃てるのだから。

三人の侍が小舟にたどりついた。仲間に引きあげられるようにして小舟に乗りこむ。小舟が大きく揺れた。

今なら狙い撃つことはできぬ。

佐之助はまた走りだそうとした。だが、また鉄砲の音が闇夜を走り抜けた。別の舟からだ。

それは佐之助の左耳をかすめて、うしろに抜けていった。

佐之助はまたしゃがみこんだ。

侍たちが乗った小舟が、棹で突き動かされる。流れにすいと入りこんだ。

岸との距離が徐々にできてゆく。

佐之助は再び駆けた。鉄砲が放たれることはなかったが、二艘の小舟は闇に溶けこむように消えていった。

佐之助は、それをむなしく見送るしかなかった。

いや、このままですませるものか。

闘志を取り戻した佐之助は、堤の上の道を一気に駆けた。

湊に向かって、まっすぐ走りだした。

三

伊豆の東側にまわってから、盛んに湯煙をあげている集落が多かったから、稲《いな》取《とり》の湊に入ったときも、直之進は同じ光景を見られるものと思っていた。

すっきりとした丘のような山に囲まれたせまい土地で、波静かなこぢんまりとした湊だったが、ここ稲取で湯煙を眺めることはできなかった。

きいてみると、ここには温泉場がないのだそうだ。

伊豆のことでまわりに温泉地が多いから、どうして温泉場がないのか、土地の者にも不思議でならないそうだ。

ときに地震などで崖崩れがあり、そういうのをきっかけに温泉がわきだしたところもあるらしいが、だからといって地震を期待するわけにはいかない。海がすぐそばの土地だから、津波がなんといっても怖い。土地の者は津波には苦い記憶があるようだ。

稲取といえば、と直之進は思いだした。千代田城築城の折、この湊からおびただしい石が切りだされて江戸に運ばれていったのではなかったか。

この記憶にまちがいはないだろう。沼里の飛び地について、幼い頃に耳にしたとき、大人が教えてくれたのだ。稲取から河津《かわづ》のあたりが、沼里領の飛び地だ。

小さい頃にきいたことは、大人になってもけっこう覚えている。大人になってから覚えたことはすぐに忘れてしまうのに、おもしろいものだ。

伊豆国の東側に位置する稲取には、代官所がある。

最初は、ここに寄る予定はなかった。それなりに急ぐ旅だから、通りすぎるはずだったが、寄ることになったのは、風がまったくなくなってしまったからだ。

いわゆるべた凪《なぎ》である。

逆の風でも間切り走りといって、船を動かすことはできるが、すべて帆を頼りに走っているだけに、こうまで風がなくなってしまうと、なにもできない。

昔の船には櫓があったらしいが、今の船はすべて帆だけで海上を行くようにつくられているそうだ。

もっとも、櫓があったからといって、稲取から江戸まで、櫓で漕いでいくわけにはいかない。

もうこの湊に入って、丸二日たった。いつになったら出られるのか。

しかし、それは天の機嫌次第でしかない。人間が気をもんだところで仕方なかった。

船頭に話をきいたが、これまでの風待ちで最も長いのは半月にも及んだという。

まさかこたびはそんなに長くなるはずがない、と直之進は思ったが、船頭の持つ最も長い記録があらたまってしまうことは、決して考えられないことではないのだ。

こんなところを襲われたら、と思うと、直之進は気が気でない。船は海の上を走っているからこそ、安全なのだ。

それで、風が吹きはじめるまで、代官所に逗留することになった。これは又太郎の命《めい》で乗りこんでいる沼里家中の侍の申し出によるものだ。

代官所は湊から指呼《しこ》の間《かん》にあり、風が吹きだしてから乗りこんでも、船を出すのに手間取ることはまずない。

代官所は小高い丘を背にして建っていた。広々としていた。直之進は、こんなに立派な建物だとは知らなかった。

沼里から派遣されている代官は、永島由井之介《ながしまゆいのすけ》といった。

「田舎のことゆえ、なにもありませぬが、是非とものんびり、ゆっくりしていってください。いや、これは失言でしたかな。罪人を運ぶ旅ですからな、どなたもお忙しいはずでしたな」

稲取には長いのか、どっぷりとその暮らしに浸《つ》かってしまっているようで、間延びした声音でいった。

「なにもないと申しても、この地は魚だけはひじょうにおいしい。是非、食べていってくだされ。舌鼓を打たれること、まちがいなしにござる」

この代官所には、二十人を切る人数がいるとのことだ。代官を含めた五人が沼里の者で、あとは稲取で採用された者とのことだった。

直之進たちには、三間もある庭の離れが与えられた。ここは客人が来たときのために用意されている建物とのことだ。

登兵衛と和四郎、徳左衛門が最も広い十畳間におさまった。直之進とおきくが船が出るまですごすことになるのは、それぞれ六畳間だった。

久しく帰っていないが、この部屋は長屋とはくらべものにならないくらいきれいだ。こういう部屋で一度でも寝てしまうと、長屋に帰る気が失せてしまう。だが、江戸に帰れば、あそこしか戻る場所はない。

贅沢が身につきすぎたか。

「おきくさん」

直之進は襖に向かって声をかけた。

「はい」

「あけてもかまわぬか」

「はい、どうぞ」

立ちあがった直之進は襖を横に滑らせた。敷居際でおきくを見た。

「どこか具合が悪いなどということはないかな」

「はい、どこも」

直之進はおきくの顔色を見た。うん、とうなずく。

「それはよかった。じき夕餉になるだろう。それまでゆっくり休んでくれ」

「はい、ありがとうございます」

直之進は襖を閉めようとした。

「湯瀬さま」

「なにかな」

おきくが照れたように顔を伏せた。小さな声でいう。

「罪人を運ぶという旅ですけど、私はとても楽しくてなりません。それだけをお伝えしたくて」

直之進はにっこりした。

「俺もおきくさんと一緒で、心から楽しく思っている」

「うれしい」

顎をあげたおきくが、両手を合わせてほほえむ。

「湯瀬さま」

反対側から登兵衛が呼びかけてきた。

「では、ゆっくり休むことだ」

直之進は襖を閉じる。ゆっくりとおきくの顔が消えてゆく。登兵衛たちのいる部屋の襖をあけた。

「いかがしたかな」

「こたびは手前のしくじりでございます。申しわけないことでございます」

いきなり登兵衛が手をついて謝ったから、直之進は驚いた。

「顔をあげてくだされ」

直之進はひざまずき、登兵衛の肩に手をかけた。

「なにを謝まるという」

「船を選んだことにございます」

「この風待ちのことか」

「さぞお気をもませたのではないか、と存じまして」

「登兵衛どのが考えた船で行くというのは、すばらしい手立てだ。風がなくなったのは、仕方ないことだ」

直之進は真摯な口調でいった。

「これまで船に乗ったことのある者で、誰一人として風待ちをしたことがないというのなら、腹も立とうが、船乗りで経験していない者がおらぬほど、頻繁にあることにすぎぬ。腹を立てても仕方あるまい」

「そういっていただけると、手前も助かります」

登兵衛がふと背後を気にした。

「島丘かな」

直之進は横顔にきいた。

「はい。ちと目を離してしまいましたが、大丈夫でございますかな」

島丘伸之丞が入れられている唐丸籠は、この離れの土間に置かれている。

「気になるなら見てみよう」

直之進は登兵衛、和四郎、徳左衛門と連れ立って、土間に出た。登兵衛たちがいる部屋と土間とは、三畳ほどのせまい部屋がはさまっていた。腰高障子が仕切りの役を果たしている。

疲れ切った顔で、島丘が横になっている。横になっているといっても、せまい籠だけに、存分に身を伸ばせるわけではない。

それでも直之進たちを見つけると、瞳に光を宿した。この負けん気の強さが、堀田正朝に認められていたのかもしれない。

唐丸籠を島丘が出られるのは、厠《かわや》に行くときだけだ。それも島丘がしたい、といってもだしてもらえない。決まった刻限にだされるのだ。

もしそのときに出なかったら、次まで待つか、その場で垂れ流しにするしかなかった。大便をしたあとの尻の始末は、水の張られた桶に尻を突っこむことで、自分で洗う仕組みになっている。

自分で洗うといっても、手足ともに縛めをされた状態なので、尻を桶のなかでもぞもぞさせるしかない。

とにかく、島丘はこれまで大小便を垂れ流しにしたことは一度もない。そうすることで、侍としての最後の矜持を保っている節《ふし》があった。

登兵衛が島丘を尋問しようとして、土間におりた。

しかし、島丘はなにも答えないのが、直之進から見てもわかった。意味不明のにやにや笑いを頬に浮かべているだけだ。

「よいか、我らはいま陸にあがっている。ここならきさまが口封じされても、なんの不思議もないぞ」

「仮に口封じの危険があっても、おまえらが必死にわしのことを守るだろう。おまえらにとって、わしはなくてはならぬ者だからな。ちがうか」

相変わらず島丘は平然としている。この自信の源はいったいなんなのか。直之進にもさっぱりだ。

「湯瀬さま、戻りましょう」

登兵衛がそこに島丘を残し、部屋に入った。腰高障子をあけたままにしておく。こうしておけば、唐丸籠が常に見える。

「湯瀬さま、そちらにお座り願えますか」

なにやら改まった様子の登兵衛にいわれ、直之進は正座した。登兵衛のうしろに和四郎と徳左衛門が控える。

「お話がございます」

直之進は黙って待った。うなずきだけは返した。

「手前の正体でございます」

ついに明かす気になったか。

直之進の心は弾んだ。侍であるのはとうにわかっていたが、何者なのか、それまではわからなかった。

「勘定奉行が四人いることはご存じですか」

「それでは」

直之進は身を乗りだした。

「いえ、そういうことではございませぬ」

登兵衛が穏やかにかぶりを振る。和四郎が楽しそうに見ていた。徳左衛門は興味津々の顔つきだ。

「枝村伊左衛門という勘定奉行のことは」

「申しわけないが、存ぜぬ」

「さようにございますか。手前はその枝村伊左衛門の家臣にござる。つまり陪臣《ばいしん》ということになり申す」

登兵衛が武家の言葉にあらためた。

「名をうかがってもよろしいか」

直之進もていねいな言葉遣いをした。

「淀島《よどじま》登兵衛と申します」

「和四郎どのは」

「それがしも枝村さまの家臣でございます。仕事柄、淀島さまのもとで働いておりましたゆえ、そのまま配下になっており申した」

姓は里柳《さとやなぎ》というとのことだ。

「ほう、それはまた風流な」

口にしたのは徳左衛門だ。

「それがしの友垣に、柳里《やなぎさと》と申す者はおったが、その逆ははじめて耳にし申した」

「はい、なかなかない姓であるのは確かなようです」

「では、これからは里柳どの、と呼んだほうがよろしいか」

直之進は和四郎にたずねた。

「いえ、これからも和四郎のほうでお願いいたします。そのほうがそれがしも、しっくりきますゆえ」

「ありがたい」

直之進は笑っていった。

「里柳どのでは、誰のことなのか、わからないような気がしていた」

徳左衛門も笑みをこぼして続けた。

「わしなど、舌を嚙んでしまいそうじゃ」

四

高山どの、ちと強すぎるな。

顔をしかめて琢ノ介はいった。

いくら痛くて気持ちよいくらいがちょうどいいと申しても、もそっとやさしくしたほうがよろしいぞ。

だが、高山一之助はその言葉がきこえなかったように、ぐいぐいと首を親指で押してくる。強くすることに意地になっているかのようだ。

やめてくれ。

琢ノ介は叫んだ。

だが、高山はさらに強く押してくる。

痛い、痛いぞ。頼む、やめてくれ。

琢ノ介は高山の手から逃れようと、首をねじった。

——平川、大丈夫か。

声が頭に入りこんできた。

なんだ。

高山の顔が、一陣の風に吹き流された霧のように不意に消えた。

どこへ行った。どうしていなくなった。

——平川、目を覚ませ。

琢ノ介は、その声に応じるように目をあけた。

「起きたか、平川」

琢ノ介は声のほうに顔を向けようとした。

「痛えっ」

首筋に激痛が走る。

「大丈夫か」

「どうして首が……」

痛みで声が続かなかった。

「平川、思いだせ」

琢ノ介はおそるおそる首を曲げて、そちらを見た。

「又太郎さま」

心配そうな顔を目の当たりにした途端、記憶がよみがえってきた。

そうだ、さっき舞姫の踊りに誘いだされ、町人の格好をした侍に襲われた。やつらは十人はいた。多勢に無勢で、いかんともしようがなかった。

琢ノ介は、前から斬りかかってきた男を相手にしていたら、いきなり背後から首を殴打された。

こうしてみると、首筋をかたいもので打たれただけというのがわかる。

刀の柄だろうか。もし真剣でやられていたら、と思うとぞっとする。

そういえば、誰かが、危ないっ、と叫んだ声が耳に入ったが、あれは倉田佐之助の声に思えた。

あのとき、倉田佐之助が助けに来てくれたのか。

だが、姿は見えなかった。姿を目にする前に、琢ノ介は叩きのめされてしまったというのが正しいのだろう。

やつは、わしらを助けようとしたのだろうか。今のやつなら、見捨てるような真似はするまい。助けようとしたが、きっとうまくいかなかったのだろう。

「思いだしたか、平川」

又太郎にきかれた。

「はい」

琢ノ介たちは板壁に囲まれた部屋にいた。せまく、ひどく蒸し暑い。それに、塩気くさい。

そばに、五段ばかりの粗末な階段が設けられていた。その上はがっちりとした板で、封じられていた。

「揺れていますね」

「ああ、船だろう」

わしらは船に乗せられたのか。船は沈没するからあまり好きではないのだがな。

「もう海に出ていますか」

「ああ、その窓から雲が動いてゆくのが見える」

二畳くらいしかないせまい部屋だ。明かり取りのような窓が小さく切られており、そこから入りこむ光で、外が明るくなっているのがわかる。

ということは、ここに連れこまれたのはさっきじゃないな。

もうだいぶときがたっているのだ。

舞姫の踊りが終わったのが、多分、夜の五つ半くらいだろうか。四つにはまだなっていなかっただろう。

いま朝の六つすぎくらいの見当だろうか。となると、こうしてさらわれてから四刻はたったということか。

もうそんなにたったのか。

琢ノ介は信じられない思いだ。

琢ノ介と又太郎の二人はがっちりと縛めをされて、床の上に転がされていた。

縄はきつく締められている。まったくゆるみがないために手首や足首、腕に食いこんで、耐えきれないほどの痛みがある。

「おい、誰か、おらんのか。この縄をなんとかしろ、痛くてならんぞ」

琢ノ介はあえて大きな声をあげた。

しばらく待ったが、誰も来ない。

「おい、呼んでいるんだ、とっとと来ぬと、ひどい目に遭わせるぞ」

木のきしむ音がし、船が左にかしいだ。その弾みで琢ノ介はごろごろと転がり、顔を壁に打ちつけた。

うー。

うめき声を他人のもののようにきいた。

「大丈夫か」

琢ノ介は目をあけ、又太郎を探した。

「鼻血が出ておるぞ」

琢ノ介は手を伸ばして鼻を押さえようとしたが、縛めのせいで体の動きは自由にならなかった。

ぽたりぽたりと垂れたものが、床に赤いしみをつくってゆく。

なった。

「まいった」

琢ノ介は、ふん、と鼻から息を強く吐いた。また血が出たが、鼻の通りはよく
船が立ち直ってゆく。と思ったら、いきなり激しく上下に揺れはじめた。今度はどこにもぶつけなかった。

「どうやら、外海《そとうみ》に出たようだな」

又太郎が耳を澄ませるような顔でいった。

「外海というと、どこですか」

「沼里の向かいはせまい海をはさんで伊豆の国だが、伊豆の端に大瀬崎という岬がある。今、大瀬崎をこの船はまわっていったのだと思う」

「つまり、南に向けて走っているということですね」

「そうだ」

「どこへ向かっているんでしょう」

「江戸だな」

又太郎が断じる。

「どうしていいきれるんですか」

「余を殺さず、生かしておいたというのが肝だな」

琢ノ介は考えをめぐらせた。

二日前に沼里を出ていった一艘の千石船。それには、島丘伸之丞が乗せられ、江戸に向かった。あの船をこれは追っているのではないか。

そういうことか。くそう。

琢ノ介は又太郎を見つめた。

「人質同士の交換ということですね」

「そうだ」

「しかし、二日前に出た船に追いつけるものでしょうか」

「追いつける自信があるのだろうな」

又太郎が首を落とし、うなだれた。

「どうされました」

「平川、すまぬ」

又太郎が謝った。

「今さらいっても詮ないことだが、余は後悔している。そなたがやめておいたほうがいいといったのに、余はきかなんだ」

「又太郎さまはお若いのですから、当然のことですよ」

「人の上に立つ者は、若さなど関係ない。常に自らの行為がどんな結果を生むか、考えて動かねばならぬのに」

床に頭を打ちつけたそうな顔をしている。

「敵の策など、たいしたものではなかった。わしが乗らなければ、成就することは決してない穴だらけの策だ」

確かに、又太郎が舞姫を観たいなどといいださなければ、あるいは、やめておいたほうがいいといった琢ノ介の言をきいていたら、策が成立することはなかった。

だが、策というのは単純なほうがいいともいわれる。

今回、敵が用意した策は、まったくこみ入っておらず、単純明快そのものだった。それだけに引っかかりやすかったのだろう。

「余の女好きにつけこまれた。余はみすみす乗ってしまった。なんという馬鹿者なんだろう」

今頃、城内は上を下への大騒ぎだろうな。

琢ノ介には、沼里家中のあわてぶりが容易に想像できた。しかし、そのことを又太郎にいう気はなかった。これ以上、傷口に塩をすりこむことはない。

又太郎は自害しかねないほど落ちこんでいる。今にも舌を嚙み切るのではないか。

猿ぐつわがはめられていないことに、琢ノ介は今さらながら気づいた。

これはどういうことか。

自死するとはまったく思っていないのか。そうなのだろう。

つまり、この船の者は、今どういう状況にいるか、又太郎に即座に推測がつくことを知っているのだ。

又太郎は島丘伸之丞との人質交換に用いられる。もしここで又太郎が自死してしまえば、堀田正朝の目論見は破綻することになるが、自分の命が島丘のそれと引き替えになるほど軽くはないことを、又太郎は熟知している。だから、猿ぐつわをつける必要がないのだ。

船は揺れ続けている。

琢ノ介は気分が悪くなってきた。これが噂にきく船酔いだ。

琢ノ介たちがいるのは船の底のほうだろう。けっこうな大船だ。しかも速い。

舳先が波を切ってゆくのがはっきりと伝わる。

だが、この状態があとどれだけ続くのだろう。

地獄だな。

琢ノ介は心の中でつぶやいた。小窓を見あげ、そこに端整な顔を思い描く。

直之進、頼む、はやく助けてくれい。又太郎さまも待っておるぞ。

五

やられたのは、おいらがお百度を踏んでいた真っ最中だね。

富士太郎は、あけられたままの小箪笥の引出しを見つめた。

昨晩、また一軒の商家が盗みに入られたのだ。

商家の名は内海屋《うつみや》。太物《ふともの》問屋だ。

今度も十二両が奪われた。小箪笥の引出しにはもっとあったのに、やはり十二両しか持っていかない。

この十二両だけを盗みだしてゆく盗人の跳梁がはじまって、被害を受けたのはこれで四軒目だ。おとといの夜は静かにしていたが、一日はさんで、またやられた。

これで盗人は、計四十八両を手にしたことになる。

だが、どう考えてもおかしい。富士太郎は首をひねらざるを得ない。

どうせなら一つのところから一気に四十八両を盗みだしてしまったほうが、足がつく度合が低くなるのに、どういうわけか、わざわざ危険な真似をしているのである。

十両以上を盗んでつかまれば、死が待っている。だから、こんなことをする理由がさっぱりわからない。

まったくどういうわけだろうね。いったい十二両にどんな意味があるんだい。

富士太郎は我慢できずに、珠吉にきいてみた。

珠吉が、そばにいる商家の者たちに見えないように首をすくめる。

「旦那にわからないのに、あっしにわかるわけがありませんや。でも——」

「でも、なんだい」

「どうせ独りよがりのくだらねえ理由に決まってますよ」

富士太郎は我が意を得たりという思いだった。

「珠吉もそう思うかい」

「ということは、旦那もそうなんですね」

「どうせ縁起を担ぐとか、十二という数が験《げん》がいいとか、そんな理由に決まっているんだよ」

さいですね、と珠吉が相づちを打つ。

「旦那、とにかくとっつかまえて、吐かせりゃすむことですよ」

「その通りだね」

富士太郎は深いうなずきを見せた。内海屋の家族や奉公人に話をきいた。

だが、誰も物音一つきいていないとのことだった。内海屋の主人は、家族や奉公人になにもなかったことがなによりでございます、とほっと胸をなでおろしていった。

「どうしたら、賊を防げましょうか」

気持ちはよくわかる。今のところ人に危害を加えていないとはいっても、賊に家のなかに入りこまれたのだから、気持ちは悪いだろう。

「そうだね」

富士太郎は、効果があって安上がりですむ方法を伝えた。これは、きかれた際に必ず勧めている手立てだ。

「はあ、犬を飼うのでございますか」

「知ってるだろうけど、犬は耳が人よりずっといいからね、自分たちが気づかない気配にも気づいてくれるよ」

「はい、わかりました」

主人は、虫歯でも痛むかのように顔をしかめている。

「どうしたんだい」

実は、と主人はいった。

「手前は犬が苦手なんでございますよ」

「盗人も犬が苦手なんだよ。これは本物の泥棒からきいた話だから、まちがいないよ。盗人というのは、犬がいるところはできるだけ避けるそうだから」

富士太郎は、どこから賊が忍びこんだのか、調べてみた。

今回も庭にひそみ、それから床下を破って侵入してきたようだ。

手口だけは鮮やかなんだよね。

内心、富士太郎は舌を巻いている。

富士太郎は、必ず賊はとっつかまえるからね、と力強く内海屋の者にいってから、珠吉とともに道に出た。

「暑いね」

富士太郎は太陽を見あげた。まださほど高い位置にのぼってきているわけではないが、曇っていた昨日とは異なり、今日はずいぶんと元気がいい。

一晩ぐっすりと寝て、鋭気を取り戻したようで、じき秋というのを忘れているのではないかと思えるほどの陽射しを送ってきている。地面には逃げ水が踊り、家々の屋根からは陽炎《かげろう》がゆらゆらと立ちのぼっている。

「珠吉、火がつきそうだね」

「ええ、まったくで」

「珠吉、あれでもし本当に火事になった場合、誰が悪いんだい」

珠吉が首をひねる。

「やっぱりお日さまってことになるんでしょうねえ」

「そうだよね。でもどうやっても、罰することはできないね」

「さいですね。仮にできたとしても、しっぺ返しが怖いですね」

「そうだね」

富士太郎は同意を示した。

「機嫌を損ねたら、怖いものね。もっと暑くされたり、逆に冷たくされたりさ」

「そんなことになったら、百姓衆は難儀しますからね。百姓衆が苦労すると、あっしらにもはね返ってきますからね」

「そうだね。米の値なんか、あっという間にあがっちまったりするからねえ」

珠吉が太陽を見る。

「となると、触らぬ神に祟《たた》りなし、ということに落ち着くんでしょうね」

「そういうことだね」

ところで旦那、と珠吉がいった。

「これからどうするつもりですかい」

「品川に行ってみようかね」

「はあ」

珠吉が大口をあける。

「また湯瀬さまですかい」

「いや、今日あたり、品川に着くんじゃないかって、気が気じゃないいんだよ」

「気持ちはわからないでもないですけど、旦那、まずは仕事に精だしましょうや」

「わかってるんだけどねえ、気になるんだよねえ」

富士太郎は目を閉じた。せつなくて、目をあいていると、涙が出てきそうだ。

「ねえ、珠吉、直之進さんはどのあたりまで来たのかねえ。やっぱり今日あたり、品川に着くんじゃないのかねえ」

「あっしにはわかりませんよ。着いたら、明日あたり、顔を見せに来てくれますよ」

「明日じゃいやなんだよ。せっかく今日、品川に着くんなら、今日会いたいんだよ」

「仕事があるから、そいつは無理ですって」

はあ、と富士太郎はため息をついた。正直、仕事などおっぽりだしたい。だが、そんなことをしたら、珠吉は怒るだろう。

怒るならまだいい。悲しませることになるかもしれない。

年寄りに嘆かわしい思いは、させられないものねえ。

「わかったよ、珠吉。仕事に励むことにするよ」

珠吉がほっとしたように笑う。

「それでこそ、あっしの敬愛する樺山の旦那ですよ」

「珠吉はおいらにそんな気持ちを抱いてくれているのかい」

「あんまりうれしそうじゃありませんね」

富士太郎は小さくかぶりを振った。

「そんなことはないよ。でも、直之進さんがそんな気持ちを持ってくれたら、どんなにいいだろうね、と思ってさ」

「湯瀬さまは、旦那に敬愛の情をお持ちだと思いますよ」

「えっ、そうかい」

富士太郎は目を輝かせた。

「ええ。でもわかっていると思いますけど、それは、旦那に恋心を抱いているとかそういうことじゃありませんよ」

「じゃあ、どういうことなんだい」

富士太郎はぷっと頬をふくらませた。

珠吉が苦笑する。

「単に友垣として見ているってことってすよ。それにしても旦那は、そういうところは本当の娘っ子みてえですねえ」

「本当の娘っ子になりたいよ。直之進さんが振り向いてくれるんだったら」

「でも、それだと定廻りはやめなきゃいけませんぜ」

「そうか、それもつらいねえ」

珠吉が表情を引き締める。

「それで旦那、どこへ行こうってんですかい」

「珠吉、当ててみな」

「さいですねえ。あっしにそんなことをいうくらいだから、あっしの知っている者に会おうっていうんですね」

珠吉がしばらく考える。

「わかりましたよ、音吉《おときち》ですね」

「ご名答。さすがだね」

「ほめられることでもありませんよ。さっき旦那が、内海屋のあるじに、犬の話をきいた泥棒のことを話したじゃありませんか。あれを思いだしたら、わかりましたよ」

「珠吉、音吉は今も同じところに住んでいるのかな」

「多分、そうだと思うんですが」

とりあえず富士太郎は珠吉と一緒に音吉の長屋に向かった。

どぶくさい路地を歩いて、店《たな》の前に立った。長屋の端の小さな空き地に、夜泣き蕎麦《そば》の屋台が置かれている。

「音吉、いるかい」

富士太郎は腰高障子を軽く叩いた。

「へい、おりますよ」

しわがれた声がし、腰高障子があいた。年寄りが顔をのぞかせる。

「ああ、これは樺山の旦那、珠吉さん、いらっしゃいませ」

小腰をかがめた。

「音吉、元気そうだね」

「おかげさまで。頭はぼけてきましたけど、体だけは丈夫なもので」

「なによりだよ」

「入りますか」

「いいかい。女が来ているなんてこと、ないのかい」

「ありませんよ。もう役に立たねえじじいですからね」

四畳半が一間《ひとま》の長屋だ。家財は布団と火鉢くらいしかなかった。

「なにもねえですけど、どうぞ」

「邪魔するよ」

富士太郎は音吉を見つめた。以前はもっと鋭い目をしていたが、今は光がだいいぶ薄れてきている。

いいことだろうね。それだけ昔のことと離れてきた証だろうからさ。音吉はとうに足を洗っているが、昔は名の知れた盗賊だった。今は蕎麦の屋台を引いている。現役の盗人の頃は、音無《おとな》しの音吉と呼ばれていた。

それがどうして足を洗ったかというと、押しこみの連中の隠れ家を町奉行所に通報したことで、過去の罪を帳消しにしてもらったからだ。

音吉の通報のおかげで、押しこみの連中は一網打尽にされ、全員が獄門に処された。

通報したきっかけというのは、音吉が盗みを働こうとしたときに、押しこみどもとかち合ってしまい、凶行を目の当たりにしたことだ。

音吉は、まるで蚊を殺すみたいにたやすく人の命を奪う連中が許せなかった。それで押しこみどもの隠れ家を突きとめ、町奉行所に密告したのである。

本当ならこうして町方役人が堂々と訪ねてゆくのは、獄門となった押しこみどもの血縁の意趣返しを招きかねないことから、よくないのだろうが、音吉が、あっしの押しこみどもの血縁で生き残っているやつなどいやしないでしょうし、あっしが密告したなんて、知ることができる者などいやしません、というので、富士太郎としては言葉に甘えさせてもらっている。

「それで今日は、なんですかい」

富士太郎は、低い声で用件をいった。これなら隣の者にもきき取られないはずだ。なにしろ長屋の壁など、あってないようなものだ。紙みたいなもので、ふつうの声音で話すと、筒抜けなのだ。

「十二両を取る盗人ですかい」

しばらく音吉は考えていた。

「申しわけねえですが、あっしに心当たりはありませんねえ。多分、新顔ではないですかね」

「新顔か」

「一人、話をきくのに会ってみますかい」

「現役ってことかい」

「いえ、もう足は洗っています。でも盗人をやめたのはまだほんの二ヶ月くらい前ですから、あっしよりずっと詳しいでしょう」

音吉には、決してつかまえないことを約束させられた。

「名は教えられません。そこはご了承願います」

「それからまとまった金を渡してやってほしいんです」

「まとまった金というと、どのくらいだい」

「最低でも十両ですかね」

「そんなにかい」

富士太郎は驚いた。珠吉も、そりゃ吹っかけすぎじゃねえか、という顔をしている。

「商売をやりたがっているんですよ。その元手の足しにしてやりてえんです」

富士太郎は財布をのぞきこんだ。

「今、手持ちが三両しかないんだけど、これじゃ駄目かな」

「いいですよ。それで話をつけてきましょう。一両、預けてくださいますかい」

富士太郎は小判を手渡した。

小判を袂に落としこんで、音吉がほんの四半刻ばかりいなくなった。

「お待たせしました」

「うん、わかったよ」

長屋に帰ってきた音吉の案内で、富士太郎たちは近くの神社に向かった。

赤く塗られた大きな鳥居の前に、痩《や》せた男が立っていた。いかにも身軽そうで、すばやい動きをしそうな体つきをしていた。顔つきが柴犬になんとなく似ていた。

「あの男がそうです。いいですかい、つかまえないって約束ですよ」

音吉がささやくようにいう。

「わかっているよ。それに、つかまえるもなにも、おいらたちにはなんの証拠もないじゃないか。証拠もなしじゃ、つかまえることはできないよ」

富士太郎は笑って音吉にいった。

「それに、神社のそばっていうのは、万が一のことを考えたからじゃないかい。信用がないんだねえ」

「いや、樺山の旦那のことは、あっしは信用しているんですよ。けど、あいつが一度、御番所の同心に苦い思いをさせられているものですから」

いざとなれば、神社に逃げこめばいい。寺や神社の境内《けいだい》への立ち入りを禁じられている同心は、処罰を食らうこともあり、滅多に立ち入らない。

「こちらが樺山の旦那だ。それに、中間の珠吉さん」

男が無言で頭を下げる。

「よろしくね」

富士太郎は明るく声をかけた。

富士太郎と珠吉は、男と一間ほどをへだてている。男は鳥居の陰にいて、そこから出てこない。

「さっそく用件に入らせてもらうよ」

男も長居するのはいやだろう、と富士太郎は本題に入った。

「その盗人は、どんな忍び入りの手立てを取っているんですか」

意外に澄んだ声音をしていた。声だけなら役者にしてもいいくらいだ。

富士太郎は説明した。男が小さくうなずく。

「ほう、庭に忍びこみ、その後、床下から、ですかい」

「どうだい、心当たりはあるかい」

男が首をひねる。うつむき、じっと目を閉じたまま動かなくなった。

「同じ盗人仲間のことはいいたくねえんですが、前金ももらっちまいましたからね」

盗人のあいだで、湯気《ゆげ》の釈蔵《しゃくぞう》と呼ばれている男ではないか、と男はいった。

「湯気の釈蔵。どんな男だい」

「顔はあっしも知りません。会ったことは、ありませんから」

誰ともつるまず、一人で仕事を行うということだ。

「どうして十二両を取るのか、それはあっしもわかりません」

「なぜ湯気の釈蔵っていうんだい」

「そこにいたはずなのに、いつの間にか湯気のように消えてしまうらしいんです。それから、釈蔵という名も本名ではないみたいなんです。自分でつけたときました」

「へえ、どうしてそんな名にしたんだろう」

「お釈迦さまからいただいた、というようなことをききましたね」

「信心深いのかな」

「かもしれません」

十二両を盗んでゆくというのも、そのあたりに関係があるのかもしれない。

目標ができたおかげで、これまでより探索はずっとやりやすくなりそうだった。

六

船はどこにも寄港しない。ひたすら先を急いでいる。

おびただしい鳥が飛び立つような音は舳先が波を切る音で、大勢で床板を思い切り蹴りつけたようなのが、舷側に打ちつける波の音だ。

船に乗るのは、はじめてだったが、琢ノ介はそのことを知った。

この調子なら、あっという間に江戸に着いてしまうのではなかろうか。

今、どのあたりにいるのだろう。

伊豆国は前に見た地図だと、しゃもじのような形をしていた。しゃもじの先端に、なんとかという岬があったが、それはもうとっくにすぎたのではなかろうか。

あれはなんという岬だったかな。

琢ノ介はこんなときにどうでもいいことだとわかっていながら、思いだそうとした。だが、脳裏にひらめくものはない。

「なにをうなっている」

又太郎に声をかけられた。

琢ノ介は軽く息を吐いてから、話した。

「それは石廊崎だな」

「ああ、そうですな」

つかえていたものがすっきりと取れた気分だ。

「今、どのあたりを走っているんでしょう」

琢ノ介はさっき思った疑問を口にした。

「余にもさっぱりわからぬ」

又太郎が小窓に目を向ける。すでに明るくなっていた。このせまい部屋に灯火はなく、明かりは小窓が頼りだ。小窓からは青い空が見えていた。夜が明けて間もないようで、この部屋も幾分か涼しい。

「もう稲取はすぎたかな」

又太郎がぽつりとつぶやく。

「いなとり、というと」

又太郎がにこり笑う。ずいぶんと余裕がある笑顔だ。

「平川、今のはどんな字を当てるのか、わかっていないいきき方だったな」

「その通りにございます。どんな字なのでございますか」

　又太郎が教える。

「稲取。なるほど」

「伊豆はさして米がとれる土地柄ではないそうだが、稲取だけは占米よりきっとちがったのであろうな」

　又太郎が縛めをものともせず、腰を浮かせた。頭をぶつけそうなところに天井がある。注意しつつ、小窓から外をのぞき見た。しばらく遠くに視線を投じていた。

「なにも見えんな」

　残念そうにいって、座り直した。

「稲取から河津のあたりには、沼里領の飛び地がある」

「ほう、さようですか」

「伊豆は三島《みしま》を通ったきりだから、一度、来てみたいと思っていたが、まさかこんな形で前を行きすぎることになろうとは」

　頭の上が、すぐに甲板というわけではないようだ。頻繁に足音や話し声がきこえることから、人が寝たり休んだりする部屋になっているのかもしれない。

ときおり、帆が風にあおられる音が耳に届く。満帆になっているのはまちがいなく、その音をきく限りでは、外は相当の風があるようだ。

その風に乗って、この船は急ぎに急いでいる。

陣風のように海の上を疾走しているのは、やはり直之進たちが乗っている船を追いかけているからとしか思えない。

これからいったいどうなるのか。人質交換は行われるのか。

又太郎と島丘の人質交換が目的なら、どうして自分は殺されずにすんだのか。

琢ノ介には、その疑念がずっとつきまとっていた。本来なら、又太郎がかどわかされたとき殺されなければおかしかったのではないか。

それがどうしてか、生かされた。

「平川、どうした。またうなっておるぞ」

琢ノ介は口にした。

「そのことか。確かに堀田正朝の目的が余なら、そなたは必要ないな。正直、理由は余にもわからぬが、我らを襲った連中はどちらが又太郎であるか、わからなかったのではないのかな」

「そんなことがあり得ましょうか」

又太郎が軽く顎を引く。

「我らを襲った者は、この船に乗って江戸から沼里にやってきたのであろう」

そのことに琢ノ介も異論はない。

「余をかどわかすという使命を堀田正朝から与えられ、急遽やってきたのはまちがいあるまい」

「はい」

「おそらく人相書で余の顔はわかっていた。だが、実物を見たことはなかった。やつらが沼里にやってきたとき、余は城にこもりきりだったからな」

「はい、さようにございます」

「やつらは、舞姫という手段をとって、余をおびきだした。のこのこと出てきた余を襲ったものの、あたりは暗い。顔は見極めがたい。しかも、そばには平川がいた。余は頭巾をかぶり、そなたはほっかむりをしていた。衣服はどちらも、そこそこいいものを身につけていた」

琢ノ介は自分の着物を見た。だいぶ薄汚れてきているが、いいものであるのは今でもわかる。

「襲ってきた者どもは、おそらく余が又太郎であろうと見当をつけたではあろう。だが、そなたのほうがずっと恰幅がよく殿さまらしい。どちらが本物の又太郎なのか、迷いが生じたのも事実であろう。ならば両方ともかどわかしてしまえ、という仕儀になったのではないかな」

きっと又太郎のいう通りなのだろう。

琢ノ介はあらためて衣服を見つめた。

これがわしを救ってくれたか。そして、このでっぷりとした腹。太っていてよかったなあ。豚ノ介ともいわれたが、無駄ではなかったというわけだ。

こんな形で生かされた命といえども、運があるということだ。

よし、わしは死なぬ。どんなことがあろうとも。

むろん寿命というものがあるから、永久に生き続けることはできないが、この一連の一件で死ぬようなことは決してない、とかたく信じた。

死ぬのなら、襲撃されたときに殺されていなければおかしい。

よし、わしはやってやるぞ。

琢ノ介は完全にひらき直った。

なにができるかわからぬが、精一杯、やれるだけのことはしてやる。

そんな琢ノ介を、又太郎がにこにこして見ている。その姿には、後光が射しているようなたくましさがあった。

やはり人の上に立つ者はこうでなくてはいかんな、という思いを琢ノ介は強く持った。

又太郎がふと眉を曇らせた。

「家臣たちはどうしているかな」

首を落とし、きき取れないほどの小声でいった。思いが不意に家臣たちへと飛んだようだ。

「どう考えても、沼里は大騒ぎになっているだろうな。余のことを案じているであろう」

そうだろうな、と琢ノ介は思ったが、口にはださなかった。

「なんとかして余がここにいることを伝えたいが、すべはないな」

悔しげに唇を噛んだ。

ここは元気づけてやらねば。

琢ノ介は言葉を探した。

「又太郎さま、一つおききしたいことがあるのでございますが」

又太郎が顔をあげた。

「なにかな」

「小便は手の縛めだけは取られ、上に連れていかれて海へとしていますが、それがし、大きなほうが出なくなっております。こんなことはこれまでの人生ではじめてのことで、体がどうかなってしまわぬか、と案じており申す」

家臣の心配をしているときに、大小便のことを持ちだされて、又太郎はあっけに取られた顔をしていたが、いきなり腹を揺するように大きく笑った。

「平川、案ずるな。余も同じよ。出ぬわ。少しくらい出ずとも死ぬようなことはない。しかし平川は図太いのう。生きるか死ぬかの瀬戸際というときに、そのような心配ができるのだから」

「畏《おそ》れ入ります」

又太郎がにこやかにほほえむ。

「平川、ありがとう」

軽く頭を下げた。

又太郎が顔をあげたそのとき、板が持ちあげられる音がし、そばの階段をおりる足音が続いた。

二名の水夫がやってきた。小便に連れていってくれる二人だ。

琢ノ介と又太郎は手荒に階段をのぼらされた。外に引きだされる。手の縛めは取られなかった。

目が痛いほどまぶしい。

琢ノ介と又太郎は甲板に連れていかれた。

ゆったりと波がうねっている。強い風が吹き渡っていた。左に見えている陸地は、伊豆国だろう。

「来い」

琢ノ介と引き離され、又太郎がさらに船の先に連れていかれる。両肩を二人の水夫につかまれ、舳先に立たされた。

まさか突き落とすつもりではあるまいな。

琢ノ介ははらはらした。

いや、そんな真似をするはずがない。又太郎さまは大事な人質ではないか。

前を行く一艘の船が見えた。距離は半町もない。この船よりだいぶ大きい。千石船だ。満帆だが、琢ノ介たちが乗る船より船足はおそい。

あれに直之進たちが乗っているのか。

見る間に、千石船はぐんぐんと近づいてくる。艫にいて舵を抱くようにして握っている舵取りが大声をあげている。水夫たちもよけろ、危ないぞっ、と手を大きく振って叫んでいた。

ぶつける気か。

もしぶつかったら、又太郎は無事ではいられまい。海に転げ落ちてしまうだろう。

五間ばかりまで迫ったところで、いきなり舵が切られた。

ざざざ、と激しい水音を立てて、船が大きく傾く。

縛めをされて身動きのままならない琢ノ介は体勢を崩し、甲板を転がった。垣立にぶつかった体が勢い余って宙に浮く。海面がはっきりと見えたが、すぐに船がもとに戻ったせいで、甲板に音を立てて腰から落ちた。

こちらの船が、前の船の舷側すれすれをかすめて追い越してゆく。半間もへだてていないのではないか。手練の舵取りだ。

――又太郎さまは。

琢ノ介は視線を走らせた。

舳先にしっかりと立っていた。こういうことに慣れているわけでもないだろうが、両側から又太郎の体をつかんでいる二人の水夫は微動だにしなかったようだ。

船は千石船を完全に追い越した。

千石船では、多くの水夫があっけに取られた顔で、こちらを凝視していた。

「直之進っ」

琢ノ介は、すらりとした長身を認め、声を放った。

おきくが寄り添っている。二人して驚愕している様子がはっきりと見て取れた。

直之進はちがう。怒りに打ち震えていた。目が異様な光を帯びていた。

七

これまでの無風が嘘だったように風が出てきた。乾いた風で、秋の気配を一杯に漂わせている。

直之進たちが代官所にやってきた翌日のことだった。

まさに天気だな。

船に戻った直之進はしみじみと思い、空を眺めた。高いところにある雲も低いところにある雲もゆったりと北へと流れてゆく。

だが、風が出てきたことが天の機嫌が直ったのか、それとも機嫌が悪くなったのか、直之進にはよくわからなかった。

機嫌がひどく悪いときには、大風を吹かせるのではないのか。ならば、こうして風が吹きはじめたのが、天の機嫌がよくなったということにはならないのではないか。

だが、どうでもいいことだった。今は船が前に進んでくれさえすれば、それ以上のことはない。

おきくが顔をのぞきこんでくる。

「どうかされましたか」

直之進はおきくを見つめた。

「独り言をいっていたかな」

「はい、なにやらぶつぶつとおっしゃっているのが、耳に入りました」

「ぶつぶつか」

「すみません、お気に障りましたか」

直之進はふふと笑った。

「俺はそんなことで腹を立てるような男ではないよ」

「さようでした」

おきくが控えめに見つめてきた。

「なにをつぶやいていらしたのです」

直之進は隠すことなく答えた。

口に手を当て、おきくがほほえむ。

「そのようなことをお考えになるなど、やっぱり男の人ですね。うちの父も、いつもどうでもいいようなことによくこだわっていますから」

「たとえばどんな」

「はい。あそこに行くのにはあの道をつかうほうがいいかな、それともあっちを行くほうが近いかな、などとよくいっています。女の私にすれば、どちらでも似たようなものなら、足が進むほうを素直に選べばいいと思うのですけど」

「それはそうだろうが、一番近い道を選びたいという気持ちはよくわかるよ」

「あと、雪駄《せった》を履くときにいつも左足から履いているみたいなんですけど、ときおりうっかりと右足から履いてしまうようで、そのときはいったん奥に戻って、やり直したりしています」

「それは男だからというわけではなく、米田屋自身のこだわりのような気がするな。米田屋は元気かな」

久しく会っていない。あの人のよさげな細い目を見たい。遠慮のない口のきき方もなつかしい。

「きっと元気に働いているでしょう。最近は風邪を引きやすくなったようですけど、まだまだ頑丈ですから」

「米田屋は骨太だな」

「はい、いったいなにを食べて育つと、あんなに骨が太くなるのでしょう」

「案外、道に落ちているものばかりを食べていたのかもしれんぞ」

おきくがにらむ。

「直之進さま、あんなのでも私の父親ですから」

「や、これはすまぬ。いいすぎた。確かに、あんなのでもおきくちゃんのおとっつあんだったな」

二人は穏やかに笑い合った。

船上では、大勢の水夫たちがきびきびと立ち働いている。

無駄な動きをしている者は一人もいない。船には、余計な者など乗っていないことがよくわかる。

船に乗り組んでいるのは、船頭以外ではみんな水夫だと思っていたが、そうではなかった。

船親父《ふなおやじ》、舵取り、上乗《うわのり》、船表《ふなおもて》 賄方《まかないがた》、荷物賄方、飯炊きなどの呼び名があり、これらの者たちの一糸乱れぬ働きによって船は快調に進んでゆくのだ。

乗り組んでいるのは、全部で十五人ほどである。大きさの割に、少ないのではないだろうか。

「無風の日が半月に及ばなくて、本当によかったですな」

水夫たちに和やかな視線を走らせつつ、近づいてきた船頭がにこにこしていった。

「まったくだ」

直之進も笑って答えた。

船頭の瞳には、おのれの水夫たちに対する強い信頼があらわれていた。

船出の支度《したく》は半刻ばかりでととのい、日がのぼってすぐ船は稲取の湊を滑り出た。

帆を一杯にふくらませ、海面をなめらかに走ってゆく。

退屈は去った。もっとも、おきくと一緒なので退屈はなかった。

日がのぼって一刻ばかりたったとき、おきくが背後を指さした。

「はやいな」

「船が来ます」

直之進は目をみはった。

船幅が、直之進たちの乗っている幸晋丸よりだいぶせまく、舳先が勢いよく波を切っている。激しくあがったしぶきが、両の舷側を巻くように散ってゆく。

快速船はどんどん近づいてくる。このまま行けば、ぶつかりそうな勢いだ。

この船が見えていないのではないか。

直之進はそんな恐れを抱いた。

舵取りや水夫たちが迫ってくる船に向かって叫び、両手を大きく振っている。

だが快速船は、そんなものなどお構いなしに突っこんでくる。

舳先に人が乗っているのが見えた。三人いる。

真んなかの一人は水夫ではない。両刀こそ帯びていないが、侍だった。

見覚えのある衣服だ。

――あれは。

直之進は体がかたまった。

嘘だろう。

だが、そこに立っているのは紛れもなく又太郎だった。

どうして。

気が動転して、考える力がわかない。まさか追いかけてきたのではあるまいか。

そんなことがあるはずがない。

まさに青天の霹靂《へきれき》だ。わけがわからず、勢いを増して突進してくる船はろくに目に入らなかった。

又太郎は縛めをされていた。

それを見て、ようやくかどわかされたのだ、と直之進は覚った。

――なんてことを。

いくら手立てを選ばないといっても、一城のあるじをかどわかすなど、あってはならない。

拳が握りこめられる。直之進は、目がくらむような怒りを覚えた。

ぶつかると思った次の瞬間、快速船がぎりぎりで曲がっていった。船の腹がはっきりと瞳に映る。

しぶきが波のように立ちあがり、大雨のように一気に降りかかってきた。こちらの船が大きく揺れ、甲板を叩いた海水が音を立てて流れる。

直之進は、悲鳴をあげたおきくの手を、海に落ちないようにがっちりと握った。おきくが安堵したように寄り添ってくる。

快速船は舷側をすり合わせるように間際を抜けていった。船の名を記す旗印はおろされていた。

甲板上に琢ノ介がいた。中腰の姿勢で、こちらをじっと見ている。縛めをされていた。すまなそうな顔をしている。

あっという間に船は横を通りすぎ、前に出ていった。琢ノ介がよろよろと動いて、直之進たちに体を向けた。

「なにしやがるっ」

「馬鹿野郎が」

「てめえらの目は節穴《ふしあな》か」

ようやく船の揺れがおさまってきたとき、水夫たちが次々に叫び、悪態をついた。誰も海に落ちた者はいないようだ。

見る間に快速船が船足をゆるめてゆく。こちらと同じはやさになった。

甲板上で弓を構えている者がいた。商人のようななりをしているが、明らかに弓矢の修練を積んでいる侍だ。ひゅんと風を切る音がきこえてきた。

狙ったとは思えなかったが、矢が一人の水夫にまっすぐ向かってきた。

「危ないっ」

声を発しざま、直之進はその水夫を押し倒した。直後、矢が頭上を通りすぎ、木をうがつような鋭い音を立てた。

見ると、帆柱に矢が突き立っていた。はなから帆柱を狙っていたのが知れた。

矢には文が結《ゆ》わえられている。

矢を引き抜いた者がいる。登兵衛だ。

文をひらき、読みはじめた。

「湯瀬さま」

登兵衛に呼ばれ、直之進は近づいた。直之進の顔を見て、登兵衛が、おっ、という表情をする。

「お読みください」

直之進はうなずいて、文を手にした。目を落とす。

文には、又太郎と島丘伸之丞の交換を要求する、という意味のことが記されていた。このままこちらの船についてこい、さもなくば、手はじめに琢ノ介を殺す、とも書かれていた。

直之進は文を登兵衛に返した。和四郎と徳左衛門が読んでゆく。

直之進の顔を見て、登兵衛がうなずく。

「又太郎さまの命には替えられませぬ。ここは、やつらのいう通りにしましょう」

「よいのか」

「むろん」

登兵衛が深く顎を引いた。

「今も申しましたが、又太郎さまや平川さまのお命のほうが大事です。交換に応じるのが最善の道です」

「だが、ずっと堀田正朝のしっぽをつかむために働いてきたのだろうに」

「それはいいのです」

登兵衛がほほえむ。

「堀田正朝がここまで追いつめられているのだというのが、明らかになりました。いま島丘伸之丞を手放したところで、いずれ証拠は手に入りましょう」

「そうかな」

「そうですとも。それにやつらは、というより、堀田正朝はやりすぎましたな。それがしは湯瀬さまのお顔を拝見して、やつの結末が見えた気がいたしました」

「どんな結末かな」

「それは、湯瀬さまご自身、すでにおわかりになっているのではございませぬか」

　登兵衛が甲板を歩んで、舷側の垣立をつかんだ。あいている右手をあげ、向こうの船に了解の意を伝えた。

　快速船から、とまれの合図が発された。幸晋丸はその合図にしたがった。

　快速船もとまった。小舟がおろされ、綱を伝って二人が乗り組む。こちらに来るのかと思ったが、小舟は陸に向かって漕ぎだしてゆく。

　うまくいったことを、堀田正朝に伝える使者だろう。

　しかしここまでやるとは。

　もう一度思って、直之進は歯を食いしばった。又太郎の姿はもう船上にない。

下に連れていかれたようだ。

直之進は抑えきれない怒りを感じた。今にも鉄砲のように暴発しそうだ。

腹がたぎっている。又太郎のもとに駆けだしたかった。

この怒りの矛先《ほこさき》を、堀田正朝に向けたくてならない。

いや、真剣の切っ先を、やわらかな腹に突き通したかった。

第三章

一

人を斬ったことはない。

どういうものなのか、味わってみたい気持ちがないわけではない。やるのなら、辻斬りしかあるまい。

立ちあがり、堀田正朝は一本の刀を刀架から手にした。もとの位置に座り、すらりと引き抜く。

行灯の明かりを刀身が鈍くはね返す。揺らめく炎の加減か、ときおりぎらりと鋭く光ることがある。そのさまは、まるで命を宿した獣のようだ。

これで人を斬ったらどんな感じなのか。

軽く振ってみる。いい音がした。

名刀よな。

刃長は二尺一寸。自分にとってはやや短いだろうが、しっくりと手に馴染み、実に振りやすい。

戦国の頃はこのくらいの短い刀が多かったらしい。振りやすいほうが強いのだ。

もともと刀というのは、受けるようにできていない。振りおろし、突く。そのためだけにできている。

手にしているこの刀は、いかにも頑丈そうだ。多分、京の室町に幕府があった頃の刀だろう。

残念ながら無銘だが、相当の名工が打ったものであるのはまちがいない。

辻斬りか。してみたい。

この地に幕府がひらかれ、多くの大名が競って屋敷を江戸に構えた頃、辻斬りが頻発したという。戦国の遺風がまだ消えず、人々の気性も荒々しかった。

血のにおいが忘れられなかった者が多かったのだろう。

今は辻斬りなど、その言葉すら思いだす者はいないのではないか。

江戸で、最後の辻斬りがあったのはいつのことなのか。

やってみるか。三人くらいまではなんの妨げもなくやれるだろう。

だが、四人目あたりは厳しくなるはずだ。誰も恐れおののき、夜道を歩かなくなるにちがいない。

三人、やれれば十分なのか。人を斬るというのがどんな感じかつかめるだろうから、そこで腹一杯にしておくのが、生き残る道になろう。

だが、わしはやらぬだろう。

考えを楽しんでいるだけだ。決して手をださないことはわかっている。

しかし、いざとなればためらいなく人を斬れるだけの覚悟は備わっている。

これまで長いこと、なんのために剣の稽古をしてきたのか。

すべては、いざというときに人を殺《あや》めるためだ。

そのとき、からくり人形と化してためらわずに刀を振れるように、ずっと鍛錬してきたのだ。

正朝は刀を鞘にしまい入れようとした。刀身がおさまる寸前、まだ入れるな、といわんばかりに刀身が再び光を帯びた。

やはり、この刀はおびただしい血を吸ってきたのではないか。切られた者の魂が居着いたのか。それとも、この世に魂をもって生まれてきたのか。

刀架に置いた。

そろそろ休むか。

布団は敷かれている。

廊下を走る音がきこえてきた。

むっ。

正朝は立ちあがった。

足音はすぐにとまった。これは、さっそく部屋を替えたことで得られた結果だ。

気づいたことは即座に実行に移す。正朝の信条である。

「殿」

正朝は襖を横に引いた。徐々に、平伏する家臣の背中が見えてきた。

「どうした」

正朝には予感がある。むろん、いいほうの予感だ。

「はっ、これが先ほど届きました」

家臣は大事そうにたずさえていた文を差しだしてきた。

正朝は受け取った。

「下がってよい」
はっ、と答えて家臣が一礼し、襖を閉める。廊下を早足に歩き去ってゆく。
文を手に、正朝は行灯の近くに座りこんだ。封を切り、中身を取りだす。
読み進んでいる最中から、笑みがこぼれ出た。
読み終えたときには、哄笑《こうしょう》していた。
よくやった。
正朝は久美や力之介をはじめとする十人の侍をほめたたえた。
このままわしの目論見通りにいけば、危機は脱せられるぞ。
血がわく。正朝はしまったばかりの刀を引き抜き、廊下に出た。
このまま辻斬りに出たい気分だ。
沓脱《くつぬ》ぎから裸足で庭におりる。欅の大木の前に立ち、刀を振りおろした。
ひゅんと風を切るいい音がする。
今宵は真剣ということもあるのか、最初からいい音がする。
うむ、よい調子だ。
正朝は刀を振り続けた。ますます風を裂く音は鋭さを増してゆく。
いいぞ。

堀田家には五つの剣術がある。いずれも家中で奨励されている。

だが、正朝が皆伝の腕前を誇っているのはそのいずれでもない。

正倉流《しょうそう》というものだ。これはもともと古都の奈良において創始された剣術であるようだ。

正朝は堀田家の五男で、江戸で生まれ育った。

妾腹《しょうふく》だったから、家督のことなど頭になかった。堀田家が我がものになる日が、くるわけがなかった。

だから、上屋敷の近くにあった正倉流の剣術道場に入り浸《びた》り、あるいは悪所で遊びほうけていたが、上の兄たちが次々に病で死に、考えもしなかったお鉢がまわってきた。

剣術は若い頃から得意だった。

正倉流の道場主が、正朝さまが大名家の若殿でなかったら、と跡継にできない悔しさをあらわにしたほどだ。

殿さま剣術の域ではない。

それは決して高言《こうげん》などではない。ただの事実にすぎない。

二

くそう。

できることなら、壁に拳を叩きつけたい。

富士太郎は後悔にさいなまれている。

どうしてこんなことに。

考えるまでもない。理由はよくわかっている。

こんなことになる前に、つかまえなかったからだ。

ちくしょう。

富士太郎は心でつぶやいた。

きっとおいらが直之進さんのことばかり考えて、探索がなおざりになっていたから、神さまがばちを与えたんだ。

「旦那」

珠吉が肩を抱くようにする。

「悔しがっているだけじゃ、前に進みませんぜ」

富士太郎はうなずき、珠吉を見つめた。

「うん、珠吉のいう通りだね。後悔するのは後まわしだ。今は、しっかりと調べないと、亡くなった番頭さんにも失礼になっちまうからね」

「ええ、そういうこってす」

富士太郎と珠吉は湯気の釈蔵とおぼしき者に盗みに入られた商家にいる。湯気の釈蔵はついに人を殺めたのだ。

そのために、なにも取ることなく逃げた。ここしばらく、盗みが多発していることから、この商家が犬を飼いはじめた初日のことだった。

おそらく湯気の釈蔵としては、この商家のことは他の盗みに入った商家と同様、事前に調べてあったはずだが、まさか犬を当日から飼いだしたなどというのは、知る由もなかったのだろう。

まずまちがいなく夜まで庭でじっとしていたはずだが、そのときも犬の鳴き声はきこえなかったのかもしれない。

この家は、座敷犬として飼っていた。湯気の釈蔵は、外で飼う犬しか頭になかったのだろうか。

いま犬は富士太郎のそばにいるが、なにがあったのかまったく知らない顔で、ぐたーと畳で横になっている。子犬だが、富士太郎を見てもまったく鳴かない。どこか図太さを感じさせた。

湯気の釈蔵に対して吠えたのは、深夜に怪しい気配を色濃く漂わせていたからだろう。

店の名は、別戸屋《べっとや》といい、寝具を扱っている店だ。

布団は上質のものが多く、吉原にも得意先が少なくない。武家にも贔屓《ひいき》にしているところが多い。

あまり大きな商家ではないが、老舗で、代々仕えている練達の奉公人が多く、内証は豊かだった。

まったくかわいそうだねえ。

廊下に横たわり、頭のうしろから血を流している番頭の死骸を見て、富士太郎は涙が出そうだ。

廊下を赤黒く染めている血からは、鉄気くささが立ちのぼっていた。

こうして廊下に死骸を放置しておくのは不憫だが、いまだに検死医師が来ないから仕方ない。

医者による検死が行われてからでないと、死骸は動かせない。

そのことは、町奉行所から自身番に通達が繁くいっている。自身番から町内の者に伝わるために、そのことを知っている町人が多くなって、哀れと思っても、こうして殺されたときそのままの形をとどめる死骸が、最近では多くなっている。

もっとも、検死がなくても番頭が殺された刻限ははっきりしている。湯気の釈蔵がいつものように庭から床下に入りこみ、そこから畳を持ちあげて忍びこんできたのは、深夜の八つくらいだった。

当座の支払いなど、ちょっとした金がしまわれている箪笥があり、そこを探っている最中、犬に吠えかかられたのだ。

あわてた湯気の釈蔵が廊下に飛びだし、駆けつけてきた番頭の聡吉《さときち》と鉢合わせした。

湯気の釈蔵は聡吉を突き飛ばして、廊下を走り去った。背中から倒れた聡吉は頭の打ちどころが悪く、死んでしまった。今も柱の角《かど》にべったりと血がついている。

聡吉は三十七歳。これまで奉公に身命を捧げてきて独り身を通してきたが、それもじき終わりを告げるところだった。祝言《しゅうげん》が間近に迫っていたのだ。

それを機に店を出て、夫婦二人で新しい暮らしをはじめることも決まっていた。

奉公人たちの話をきく限り、湯気の釈蔵に殺す気はなかったようだが、決して許すことはできない。盗みなどに入らなければ、こんなことにはならなかったのだ。

必ずつかまえてやるからね。獄門にしてやるよ。

決意を新たにした富士太郎は直之進のことを心から押しだし、湯気の釈蔵のことだけを考えるようにつとめた。

そのとき検死医師が小者を連れてやってきた。富士太郎は聡吉の遺骸のところに案内し、検死を頼んだ。

検死をしてもらっているあいだに、家族と奉公人に客間に集まってもらった。家族は主人夫婦に娘とせがれが一人ずつだ。娘はそろそろ嫁に行ってもおかしくない年頃だろう。跡取りのほうはまだ十になったか、ならないか。

奉公人は番頭に手代、丁稚など、全部で十八人いた。いずれも実直そうな顔つきをしていた。まじめに商売に励んでいるのがよくわかったが、表情は暗すぎるほどだった。

仲間を失ったばかりなんだから、しようがないよねえ。

「盗人がどんな顔をしていたか、目にした者はいるかい」

富士太郎はやさしい口調でただした。

誰もが悲しそうにうつむいているだけで、なにも答えない。できれば、富士太郎の視線から逃れようとしているように見える。この部屋から出ていきたいと願っているような風情だった。

「おまえさんはどうだい」

富士太郎は、すぐそばに立っている手代にたずねた。

「いえ、手前は見ておりません」

手代はびっくりしたように、あわてて答えた。

家族にもきいたが、答えは似たようなものだった。

この家の者で、湯気の釈蔵の顔を見ている者はいない。もっとも、深くほっかむりしていたのは、まちがいないようだ。

仕方ないね。

富士太郎は店の者から話をきくのは、あきらめた。

「なにか思いだしたら、必ずつなぎをよこすんだよ」

それだけをいって、客間を離れた。別戸屋の全員がほっとした顔をした。

検死の結果を医者からきいた。死因は頭を柱の角でぶつけたことによるもの。頭の骨が折れている。

いつ死んだかも医者は教えてくれた。九つから七つまでのあいだ、とのことだ。

あまり見ない顔の検死医師だったが、腕は悪くないのが知れた。

ほかに富士太郎はすべきことが見つからなかった。

「仏さんは、もう動かしていいよ。待たせたね」

「ありがとうございます」

主人の吉右衛門《きちえもん》が涙を浮かべて答えた。

「葬儀はどうするんだい。親は」

「はい、上方におります。摂津国《せっつ》にございます」

「摂津かい。遠いね。呼ぶのかい」

「亡くなったことは知らせます。聡吉の両親は健在です。祝言には来る予定でしたが、こんなことになっては」

そこで言葉を切り、唇を震わせた。

「聡吉の遺骨は手前が持っていこうと思っています」

「おまえさん、自らかい」

「ええ、それが聡吉の供養になるような気がしますので」

「それはいいことだね。きっと両親も喜ぶだろうよ」

はい、と吉右衛門が答えた。

「犬など、飼わねばよかった」

犬が気づかなければ、聡吉が起きることもなく、湯気の釈蔵と鉢合わせすることもなかった。突き飛ばされることもなく、柱の角に頭をぶつけるようなこともなかった。十二両くらいくれてやればよかった。

「じゃあ、おいらたちは引きあげるよ。あまり、気を落とさないようにね」

富士太郎は珠吉を連れ、別戸屋から引きあげた。

「ちくしょう」

別戸屋をあとにして、しばらく歩いたところで富士太郎は拳を手のひらに叩きつけた。

あたりは日本橋のそばの繁華な場所だけに、商家や旅籠が多く立ち並んでいる。取引先にやってきた商人、物を売り歩いている行商人、冷やかしが主な買物客、暇つぶしにやってきた勤番侍、内職仕事の納品に来た浪人、田舎から江戸見物に出てきた者たち。

まだ日がのぼって一刻ほどしかたっていないのに、おびただしい人が行きかっている。どこにこれだけの人を惹きつける魅力があるのか、富士太郎にはわからないが、江戸の底力を目の当たりにしたような気分になる。

「それで、旦那、これからどうしますかい」

珠吉がうしろからきいてきた。

「珠吉はどうすればいいと思う」

珠吉が少し首をかしげた。

「近所をききこみしたところで、いい結果が出るような気はしませんね」

これまでさんざんやってきた。だが、湯気の釈蔵らしい男を見たという者にぶつかることはなかった。

「少なくとも、湯気で体ができているんじゃないことはわかったんだけどね」

「ええ、さいですね。湯気のように消えることがないのもわかりましたよ」

富士太郎は表情を引き締めた。

「こんなこと、いってる場合じゃないね。なにかいい手を考えないと」

しばらく当てもなく歩いた。

「やっぱり待ち伏せができたらいいね」

「それができれば、確実にひっとらえることができますよ。でも、どうしたらそれができるか、ですね」

「そうなんだよね」

蕎麦切りのだしでも取っているのか、いいにおいが鼻先をかすめた。

「珠吉、昼にははやいけど、小腹が空《す》かないかい」

左手に、ゆったりと揺れる暖簾が見えている。富士太郎は珠吉の返事をきいてから、蕎麦屋に向かって歩を進めた。

小あがりが二つと十畳ばかりの座敷があるだけの店だ。客はまだほとんどおらず、話をするのには格好だった。

富士太郎と珠吉は座敷の奥に陣取った。ざるを二枚ずつ注文した。

「待ち伏せするのには、珠吉、どうしたらいいと思う」

小女が注文を通しに厨房に去ったのを見て、富士太郎はいった。

「それはやっぱり、次に湯気の釈蔵がどこを狙うか、知ることでしょうね」

「どうすれば、知ることができるかねえ」

富士太郎はむずかしい顔で腕組みした。

「順序みたいなものはあるのかね」

ふと思いついていった。

珠吉が苦い顔をする。

「あっしもどうかしてますよ。こんなのは、はなから調べなきゃいけねえことだった。焼きがまわりましたよ」

富士太郎の脳裏に、別戸屋の番頭聡吉の死顔が浮かぶ。

「確かにおそきに失した感はなきにしもあらずだけど、やらないよりはましだよ」

「はい」

珠吉が懐から矢立《やたて》を取りだした。白い紙もだし、畳に広げる。

「あっしが書きますけど、旦那、よろしいですかい」

「もちろんだよ。絵は珠吉のほうがうまいからね」

珠吉が筆を墨につけ、すらすらと絵図を描きはじめた。

大まかな江戸の町が、富士太郎の目の前にあらわれた。

「これはみんな、旦那の縄張ですよ」

「わかっているよ」

「じゃあ、盗みに入られた町に順番に墨を入れてゆきますよ」

珠吉が、これまで入られた五軒の商家のある町に丸をつけてゆく。

円を描くとか、四角になるとか、線が交差するとか、規則を感じさせるものは見えてこなかった。

「適当に狙っているのかねえ」

「そんなことはないと思いますがね」

「ふーむ、わからないねえ」

蕎麦切りがきた。お待たせしました、といって小女が富士太郎と珠吉の前に蕎麦切りを置く。

小女は礼儀正しい性格のようで、できるだけ絵図を見ないようにしている。

「ねえ、おまえさん」

立ち去ろうとする小女に富士太郎は声をかけた。

「なんですか」

「この絵図を見て、なにかぴんとくることはないかい」

「えっ。見てもよろしいんですか」

「もちろんだよ」

珠吉も小さくうなずいている。期待の色がわずかながらも瞳にある。

小女がじっと見ている。やがて首を振った。

「すみません。私にはわかりません」

「そうかい。ありがとうね。忙しいときに呼びとめて悪かったね」

「いえ、とんでもない」

小女は一礼して、その場から消えていった。

「よし、珠吉、先に蕎麦切りをやっつけちまおうか」

「そうしましょう。腹が満ちれば、いい考えも浮かぶかもしれません」

富士太郎たちは蕎麦切りをすすった。

「なかなかやるねえ」

「ええ、いい腕ですよ」

つゆは濃いめで鰹節のだしがよくきいている。富士太郎の好みだ。蕎麦切りもつるつるとして、歯応えも喉越しもいい。十分に満足できる出来だ。

こういううまい蕎麦切りを食べたあとは、幸せになれる。まずい店では、こうはいかない。

「こういう店ばかりになれば、本当にいいのになあ」

蕎麦屋を出て富士太郎は珠吉にいった。

「そういうほめ言葉はあっしじゃなくて、蕎麦屋のあるじにいわないと」

「そうだったね」

富士太郎は自分の頭を拳で叩いた。いい音がした。

「まったくおいらの頭は空洞なのかね」

「そうかもしれませんよ」

「珠吉、自分でいうのはいいんだよ。でも人にいわれるのは、かちんとくるよ」

「すみません」

珠吉が素直に頭を下げる。白髪が多いのにあらためて気づいた。

はやく隠居させてやりたいねえ。こんなになるまで働くなんて、やっぱり酷だよ。

だが、富士太郎には珠吉の後釜の心当たりはない。与力に頼めば紹介してくれるだろうが、珠吉ほどの中間に恵まれるとは、とても思えない。

でも、いつまでもずるずると、まずい蕎麦切りみたいに引きずってはいられないからねえ。いいのを、なんとかして見つけなくちゃいけないいんだよ。

一つ、いい考えがひらめいた。

そうだ、蛇《じゃ》の道は蛇《へび》だよ。米田屋さんに頼めばいいんだよ。あれ、このことわざの使い方は合っているのかな。

「ねえ、珠吉」

「なんですかい」

「蛇の道は蛇、ってどういう意味だい」

「それは、同じ類の者や同業の者は、互いにその道のことに詳しいって意味ですよ」

「そうかい」

となると、若干、意味がちがうねえ。この前、湯気の釈蔵のことをきいた元盗人のほうが意味が合っているねえ。

「旦那、なにをぶつぶついっているんですかい」

「ちょっと考えごとをしていたんだよ。おいらの癖さ。珠吉もよく知っているだろ」

「知っていますけど、それが、蛇の道は蛇となんの関係があるんですかい」

「いや、実際に歩いてみようと思ってさ」

するりと口から言葉が出た。

「なんのこってす」

「だから、蛇が行くみたいにおいらたちも実際に被害に遭ったところを順番に歩いてみようと思っているんだよ」

珠吉が手を打つ。

「それはいい考えですねえ。今まで見えていなかったものが、見えてくるかもしれませんよ。いえ、きっと見えてくるに決まっていますよ」


最初に湯気の釈蔵に入られた商家は、呉服を扱う須賀花屋《すがはなや》といった。

店の前に立ち、まずはあたりを見まわした。それから富士太郎と珠吉は界隈をうろうろしはじめた。

必死に目をこらしたが、残念ながらなにも見えてこなかった。

須賀花屋はふつうに店をあけていた。繁盛している様子だった。十二両盗まれたくらいでは、やはりびくともしない。

そういうことを、湯気の釈蔵は熟知しているのはまちがいなかった。

次の店に足を運んだ。ここは祖父江屋《そふえや》といい、味噌と醬油を扱っている店だ。

ここも繁盛している。

小売りもしている様子で、近所の女房衆が気軽に出入りしていた。

ここもまず店の前に立ち、まわりをしばらく眺めた。

おや。

富士太郎は首をひねった。須賀花屋のときとなにか重なる風景がある。

なんだろう。

「旦那、なにか見えてきましたかい」

「うん、見えかかっているんだけど、なんだろうね」

「さいですかい。旦那、がんばってくださいよ。あっしは駄目ですから」

「珠吉、いくらなんでもあきらめがはやすぎるよ」

「はい、すみません」

目の前を、遠慮のない視線をぶつけて通りすぎる二人の男がいた。

「この人、お役人みたいだね」

「うん、なかなかかっこいいね。やっぱり江戸のお役人は垢抜けているよ」

ひそひそ話しているのがきこえてきた。どうやら江戸見物に出てきた旅人らしい。

「――そうだ」

いきなりひらめいた富士太郎は大声をあげた。珠吉が耳を押さえる。二人の旅人は、ひゃっと悲鳴をあげ、あわてて富士太郎のほうを振り返る。

「わかったよ、珠吉」

珠吉も深くうなずいている。

「旅籠ですね」

「そうだよ」

富士太郎は目を輝かせていった。

「湯気の釈蔵に入られた商家の近くには、必ず旅籠があるんだよ」

「そうですよね。三軒目に盗みに入られた百島屋さんは、向かいが旅籠でしたよ」

百島屋では、酒の甘い香りが漂っていたのを思いだす。

「そうだよ。大勢の泊まり客らしい人たちが、物珍しそうにおいらたちを見ていたよ」

となると、と珠吉がいった。

「湯気の釈蔵は客として、旅籠に泊まっているんじゃないですかね」

「きっとそうだよ」

富士太郎は確信を抱いて、顎を引いた。

「もしかしたら百島屋さんのとき、あの野次馬のなかにいたんじゃないのかね。俺はここにいるよ、と腹のなかでおいらたちを笑っていたんじゃないのかね」

あのとき百島屋の前にいた野次馬の顔を思いだそうとした。顔を覚えることは仕事柄、得意にしているが、さすがにこればかりは脳裏に描くことは無理だった。一人として覚えていない。

「つまり、湯気の釈蔵の動きはこういうことかい」

盗みを終えたら、素知らぬ顔で宿に戻る。むろん正面からは入れないから、屋根伝いに部屋に帰ってゆくにちがいない。

「そういうことでしょうね」

「しかし、考えつかなかったね」

「ええ、まったくで」

探索する富士太郎たちは、まさか泊まり客が賊などとは思いもしなかったから、旅籠を捜索するような真似はほとんどしなかった。

いや、一応は話をきいてはいる。だが、そんなに熱心にききこんだりはしなかった。通り一遍というやつだ。

これは、手抜かり以外のなにものでもないねえ。もう死にたくなるよ。

こんなしくじりを犯したせいで、聡吉を死なせてしまった。

もう二度と同じ過ちは犯さないからね。聡吉さんの死を、決して無駄にはしないよ。

富士太郎は肝に銘じた。

その後、富士太郎は珠吉とともに被害に遭った四軒の商家近くの旅籠を、虱《しらみ》潰《つぶ》しにして徹底してききこんだ。

同時に、次にどこの商家を狙ってくるのか、珠吉とともに考えはじめていた。

三

船の右側に、島が見えている。

大島だ。

伊豆国と大島とのあいだのせまい海を、多くの船が行きかっている。千石船やそれより大きな船だけでなく、漁《いさ》り船も含めて、これだけの船が日本の海を往来

していると は直之進は思っていなかった。

日本は、まわりを海に囲まれている国だ。多くの船がつかわれているのはしごく当然のことにすぎないが、直之進には新鮮な驚きだった。

だが、このような驚きは平時にこそ得たかった。

あるじと友垣を敵の手に握られている状態は、我慢しがたいものがある。じっとしているのがひじょうにつらい。

ほんの一町先を行く快速船は、帆を少しだけゆるめて、直之進たちが乗ってい る幸晋丸のはやさに合わせている。

南からの風を受けて、幸晋丸は満帆だ。こういう順風を受けていることを真帆《まほ》というのだそうだ。

真帆の幸晋丸は、ぐいぐいと風に押されている。相当の速度をだしており、走る馬よりずっとはやいのではないかと思えるが、前を行く船はまだまだ余裕があるのだ。

「あんなに船足のはやい船、なかなかないですよ」

直之進とおきくの横にやってきた船頭が、憎々しげに見つめている。

「それだったら、どこの店の船か、心当たりを探せるのではないか」

少し考えてから、船頭がいくつかの廻船問屋の名をあげた。

「今いった廻船問屋はああいう船足のはやいのを持っていますよ。しかし、船の形はみんな似ているもので、艫の旗印がないとわかりませんね」

「あの船の船頭の顔はどうだ。見覚えはないか」

船頭が無念そうな横顔を見せる。

「船頭だけでなく、ほかの水夫たちもはっきりと見せてくれませんものね。顔を見せているのは、侍とおぼしき者ばかりですよ」

「そうか」

「ええ、申しわけない」

「別に謝ることはない」

畏れ入ります、と船頭がいった。

「あれだけ船足がはやいということは、この航海の前によほど船底をきっちりと焼いたんでしょうね」

「船底を焼く。どういう意味だ」

直之進は船頭を見つめた。横でおきくも同じ目をしている。

「粗朶《そだ》でいぶして、船底にたくさんくっついているふじつぼ、牡蠣《かき》などを徹底して焼いて取らないと、船足に影響が出るんですよ。船底がなめらかなほうが、はやくなるのは、おわかりになるでしょう」

「それはその通りだろうな」

「そだ、というのはなんなのですか」

「おきくさんは知らぬか」

直之進は説明した。

粗朶は、切り取った木の枝のことだ。束にして、薪に用いられることが多い。

「船底を焼くといっても、どこで焼くんだ。湊では無理だろう」

直之進は船頭にただした。

「湊に、たでばというものがあるんですよ」

「たでば。どういう字を書くんだ」

船頭が教えてくれた。

「ふむ、焚場か」

「ええ。満潮では船は浮くけれど、潮が引くと船底が海の底につく場所があるんです。そういうところが焚場になります」

「なるほどな」

こういう話も、できればこんなときにききたくなかったが、気を紛らわすという意味ではありがたい。

大島が完全にうしろにすぎ去ったところで、又太郎と琢ノ介を乗せた快速船は右へと曲がりはじめた。

「おっ」

声をあげた船頭は、失礼します、といって艫の舵があるところに走っていった。

どこへ行く気だ。

快速船を見つめて、直之進は眉根を寄せた。

この進路を取ると、江戸の海には入っていかないことになる。

向かうのは江戸ではないのか。

どうやらそのようだ。右手に見えている上総《かずさ》国を目指しているように見える。

幸晋丸も舵を切って、前を行く快速船を追った。

二艘の船は、大島の北側を航行した。

快速船は、やはりまっすぐ上総国に向かっているようだ。

「あの陸地はどこになるのですか」

正面の陸地を見て、おきくがきいてきた。

「上総国だ」

「あそこが突端ですね」

おきくが指さしているのは、上総国の南の一番端だ。岬になっているのがわかる。

「あそこはもう安房《あわ》国になるはずだ。あの岬は確か、野島崎といったと思う。前を行く船は、あるいは野島崎をまわってゆくのかもしれん」

「野島崎をまわると、どこに出るのです」

「安房国は小さな国だから、また上総国の東側に出ることになるな。海岸沿いを北上すると下総《しもうさ》国に出て、その次は常陸《ひたち》国だな」

「常陸というと、筑波山があるところですね。そんなに遠くまで行くのでしょうか」

「行かぬとは思うのだが」

堀田正朝の居城が築かれている佐倉は、下総国にある。佐倉に行くのには、江戸の海に入り、検見川《けみがわ》湊あたりに碇を降ろして、そこから陸路を行ったほうがはるかにはやいはずだ。

佐倉に行くのにわざわざ遠まわりする必要はないから、船は別の地を目的としているのだろう。

できれば、この船からおきくだけでもおろしたい。これからさらなる危険が待っているのは、疑いようがないのだ。

千石船には伝馬船が積んである。それにおきくを乗せて送りだせばすむ。

だが、いったところでおきくは直之進のそばを離れないにちがいない。

もし自分がおきくの立場だったら、直之進も同じようにする。

直之進は口にしかけた言葉を引っこめた。

快速船は、まっすぐ野島崎のほうに向かった。

おきくにはいわなかったが、あの岬をまわると、その先は海の難所と耳にしたことがある。

野島崎を目前にして、今まで吹いていた風がぱたりとやんだ。

嵐の前の静けさといったらいいのか。風はないのに、湿った大気が流れこんでくるのが肌でわかる。

雲行きが怪しかった。今まで晴れていた空が、墨でもぶちまけたように急に黒い雲でかき曇ってきた。上空には風があるのだ。

「嵐がくる」

それは海に関して素人《しろうと》の直之進でも、はっきりとわかった。

「どこか近くの湊に今のうちに逃げこんだほうがいい。このあたりなら、いくらでも湊はありますぜ」

そばにやってきた船頭が真剣な顔でいった。

直之進は快速船に目を向けた。湊に入るようなそぶりはまったく見えない。わずかな風をとらえて、ゆっくりとだが、確実に前へと進んでいる。

直之進のそばに登兵衛が来ていた。船頭に向かって、申しわけなさそうにかぶりを振った。

「そうですかい」

船頭が無念そうにうつむく。

又太郎たちを乗せた船が進んでいる以上、離れることは許されない。

黒雲が渦を巻いて集まっている空は、邪悪な者たちが身を寄せて、密談しているように見えた。

湊に入ろうとせず、航海を続けようとしている愚か者どもに、どんな罰を与えてやろうか、談合しているのではないか。あたりがひっそりと静かなだけに、余計に黒雲の不気味さが募ってくる。

空を見あげるおきくは、さすがに不安そうだ。そっと身を寄せてくる。直之進は抱き寄せたかったが、さすがにそれはできない。拳に力を入れて、その気持ちをこらえた。

四

今日も来ないか。

大船はいくらでも品川の湊に入ってくるが、幸晋丸という旗印を艫に掲げた千石船はやってこない。

光右衛門は、旅人や行楽に来た者たちが繁く通る東海道にぽつんと立ち、静かな海をじっと眺めた。

見た目には、初老の男が身投げを考えているように見えるかもしれない。

まだわしに死ぬ気はないよ。人生はこれからさ。楽しいことが一杯、待っているにちがいないんだ。

海は凪といっていい。先ほどまで吹いていた風がぴたりとやんだ。多くの船が帆をおろし、ほっとしたように休んでいる。

ああやって、船も次の航海への英気を養っているんだろうな。

光右衛門はそんなことを思って、ひたすら海を見つめていた。

ひどく蒸し暑くなってきた。風はろくにないのに、上空の雲はすごい勢いで動いている。南から次から次へ雲はやってきた。

まだ日暮れにははやい刻限なのに、あたりは暗くなってきた。

嵐がくるのではないかな。

光右衛門は眉根を寄せた。細い目がさらに細くなり、糸を貼りつけたようになった。

湯瀬さまたちは大丈夫かな。

光右衛門は首を振った。

そんな心配などいらないさ。練達の船頭や水夫たちがついているんだから。今頃は、とっくにどこかの湊に逃げこんだに決まっているよ。

だが、もしすべての船がそういうことができるのであれば、海の事故というのは起きない。予期できずに嵐に遭ってしまうから、海難事故はあとを絶たないのではないか。

光右衛門はまた首を振った。

またつまらないことを考えているな。こんなことではいけない。

光右衛門は、部屋を取っている旅籠に戻った。

「お帰りなさいませ」

土間で女中に迎えられた。

「ただいま」

「嵐がきそうですね」

女中が顔をしかめている。

「いやですよ。私は、嵐が一番きらいなんです」

「わしもいやだな」

女中はここ品川の出だが、もともと家は漁師だったという。

「おとっつあんも二人の兄ちゃん、三人の弟すべての男が漁師で、これまで一人も海で死んではいないんですけどね」

女中が眉を曇らせて続ける。

「同じ集落の男の人は、何人も嵐に遭って帰ってきていないんですよ」

「そうか」

「すみません」

女中がぺこりと頭を下げる。

「これから夕餉だっていうのに、こんな暗い話をしてしまって」

「いいんだよ」

光右衛門は笑みを浮かべて答えた。

階段をあがり、部屋に入った。

旅籠は混んでいるようだが、余分に金をだして一人部屋にしてもらった。

店を離れたのは久しぶりだ。小さな旅といってよかった。

たまには骨休めもいい。それならば、相部屋はごめんだった。他人と一緒では疲れるだけだ。

店は、直之進たちが帰ってくるまで戻らないつもりでいる。店には、おあきとおれんがいる。二人ともしっかり者だ。なんの心配もいらない。

品川といえば、宿場女郎が有名だ。なにしろ五百人はいるといわれるのだから、すごい話だ。

女が少ない江戸だから、格式張った吉原をいやがる男たちがこぞってやってくる。嵐が迫っているというのに、にぎやかな鳴物の音がどこからか盛んに響いてきている。

光右衛門も遊びたい気持ちで一杯だが、今日はどうしても海ばかり気になる。風が出てきているが、かまわず海に面した障子はあけている。

しかし、わしのはもう役に立たんからな。

光右衛門はちらりと視線を落とした。

一抹の寂しさはあったが、妙な病をうつされることがないのは、やはりなにものにも代えがたい。

そう思って自らを慰めた。

酒が飲みたくなった。

すぐに酒はやってきた。さっきよりずっと若い女中が運んできてくれた。

若いのはいいなあ。

光右衛門はやに下がった。

こうして間近で見ているだけで楽しい。顔のつやがいい。笑顔がまぶしい。話の仕方の屈託のなさもいい。

若さというのは、なにものにもまさると思う。

最初の一杯目だけは酌をしてくれた。その酒は、体にじんわりとしみた。

降ってきたので雨戸を閉めさせていただきます、と若い女中がいい、障子から身を乗りだした。

海は荒れだし、空は黒一色になっていた。風が鳴り、波が轟いている。凪だったのが嘘のようだ。

これだから海は怖いんだな。

光右衛門は息をのむ思いだった。

雨戸を閉め終えると、失礼いたします、と若い女中は部屋を出ていった。

それから、光右衛門は手酌で酒を飲んだ。知らず背中が丸まっていたから、しゃきっとした。

不意におれんのことを思いだした。おれんを守るために、仲間に大怪我をさせられた豊吉といい雰囲気になっている。いずれ一緒になるのではないか。

雨戸を叩く音がきこえた。風雨が激しくなってきたようだ。

やはり気が気でない。直之進たちの船は大丈夫だろうか。沈没などということにならないか。

酒はうまくなくなってしまった。胸騒ぎがする。食い気もない。夕餉の膳が運ばれてきたが、せっかくの料理はほとんど手つかずだった。

明日にでも店に帰るか。

まとまった休みはいつ以来なのかわからないくらいに久しぶりで、もっと品川にいたい気持ちもあり、娘たちからもゆっくりしてきていいわよ、といわれているが、ここにいても直之進たちの心配ばかりしているだけだ。

仕事をして、気を紛らわせたほうがいいのではないか。

よし、もう一泊してから戻ろう、と光右衛門は心に決めた。それで湯瀬さまたちが帰ってこなかったら、それはそれで仕方ない。

湯瀬さまたちになにかあるわけがない。あの人はこれまでどんな危険も正面からぶち当たって、弾き返してきた男だ。たかが嵐ごときで死ぬはずがない。

それに、きっとおきくともうまくいっているはずだ。人生これからというときに、死んでしまうわけがなかった。

おきくと所帯を持ってくれたら、どんなにうれしいだろう。あの二人の子がわしの孫になる。どれだけかわいいだろう。

はやく抱きたいな。子守歌を歌ってやるのだ。

再び杯に酒を満たし、口に持ってゆく。

おう、うまいではないか。

飲みだしたら、光右衛門はとまらなくなった。

酔いはすぐにやってきた。

弱くなったなあ。

布団に横になった。目を閉じる。

風雨は先ほどより激しくなった様子だったが、もはや光右衛門にはきこえていなかった。

五

急速に夜がやってきた。

先ほどまで見えていた太陽は雲にすっぽりと吸いこまれたかのように、あっという間に姿を消した。

同時に風がうなりをあげ出した。海はうねりはじめている。

船がぎしぎしと音を立てている。

帆はとうにおろされ、帆柱は手際よく折りたたまれた。不意に嵐に遭うと、帆柱は斧で叩き切ってしまうしかないが、嵐を予期できたのは幸いだった。

嵐に遭った船が湊に二度と帰ってこなくなるのは、海の藻屑《もくず》となってしまうということもあるが、帆柱を失って、航行できなくなるのが大きいらしい。

それで陸地を見ることのできない外海に一気に流され、方向を失う。運よく異国船に拾われても、日本は国を閉ざしているから、なかなか運んでもらえない。下手に帰ってくると、犯罪人にされる。

それきり日本に帰ってこられない者は相当多いでしょうね、と船頭がしみじみとした口調でいった。

仮に陸地が見えたところで船がとどまったとしても、帆がないから、そちらに向かうことができない。伝馬船があればいいが、嵐に持っていかれてしまったら、最悪だ。

陸が見えているのに、無力に海の上を漂うしかないというのは、いったいどんな気持ちなのだろう。

一か八か、海に飛びこむ者も出てくるにちがいない。

俺だったらそうするだろうか。

するしかないだろう。板きれ一枚持って、波を腕でかいてゆくしかない。

雨が降ってきた。叩きつけるような烈しさだ。顔に当たると痛い。

風はさらに強さを増し、波が山並みのようにうねりはじめた。又太郎たちの船が波の向こうに見えなくなったり、波の山に乗って急に視野に入ってきたりする。

又太郎さまは大丈夫だろうか。悪運が強いお方だ、きっと大丈夫だろう。直之進としては、ただそう願うしかなかった。

琢ノ介も、生きることに強い執念の炎を燃やす男だ。しぶとさは、誰にも負けていない。きっと又太郎さまを守ってくれるにちがいない。

気づくと、いつしかあたりは夜になっていた。実際には、まだ七つにもなっていないはずだ。

黒々ととぐろを巻く雲から切り離されたように真っ黒な波が壁のように立ちあがり、龍のように上下にうねって、まっすぐ幸晋丸に向かってくる。

三丈はありそうな波が、直之進の眼前に立ちはだかる。舳先にぶち当たって、真っ二つに割れ、甲板に轟音を響かせて滝のように落ちてくる。

海水は甲板を大水のように洗い、次の瞬間、あばよとばかりに垣立を乗り越えて海へと帰ってゆく。

また次の波が迫ってきた。舵取りが舵を動かし、必死に波を正面から受けようとしている。横波を受けてしまったら、どんなに頑丈な船でも転覆する、ときいたことがある。

舵だけで操船するのは、相当の技量が必要なのではないか。

ただ、いわれているほど船はもろくはないそうだ。舳先から艫まで、航《かわら》と呼ばれている平らで分厚い板が船底を通っているからだ。これがあるために、横波を受けたくらいでは船がばらばらになるようなことはない。

波がまた舳先にまともにぶつかってきた。しぶきとともにふくれあがった波が覆いかぶさり、一気に船を海中に引きこもうとする。船はあらがい、必死に首を振るような動きをして、海水から逃れ出る。

甲板を海水が流れ、そこにあるものをすべてかっさらっていこうとする。

直之進はおきくを抱き締めて、波にさらわれないようにした。

おきくとは、互いを綱で結わえている。それを帆柱の根元に結びつけてあった。

「死ぬときは一緒だぞ」

直之進ははじめて口にした。はい、といっておきくがしがみついてくる。

直之進はかたく抱き返した。こんなときだが、おきくからはいいにおいがした。

風は荒々しさをさらに増し、波をさらに大きくする。

波は高いもので、六、七丈は優にある。船はまさに木の葉と化した。

一気に波の頂上に持ちあげられ、それから奈落の底に叩き落とされる。

宙を浮遊するようなときの気持ち悪さといったら、これまで経験したことがなかった。

血が無理矢理に逆流させられる。顔から血の気が引き、足にすべての血が集まる。頭がぼんやりする。

足が不意に軽くなったと思ったら、今度は頭に一気に血が集まり、猛烈な頭痛に襲われる。

体を揺さぶられ続けているから、胃の腑がひっくり返りそうだ。心の臓が口から飛びだすのではないか、と思える瞬間もたびたびあった。

いや、心の臓だけではない。口から、体のなかのものをすべて戻しそうだった。

生きた心地がしないとよくいうが、まさに今、その瞬間を、直之進は何度も味わっている。

又太郎たちを乗せた快速船はとうに見えない。直之進はときおり首を伸ばして探してみるが、波間にも見つけられない。

また波が襲いかかってきた。いくつもの腕を大きく掲げ、まるで文机を叩くように打ちつけようとしていた。

まともに波を食らった船の舳先のほうが、押さえつけられたように沈む。なかなか波をくぐり抜けられない。

直之進たちも海水をかぶり、息ができなくなった。

このままずっと海水に閉じこめられてしまうのではないか、と思うほど長くときがたったあと、いきなり体が楽になり、息ができるようになる。

だが、黒々とした海面に山のような波が屹立しているのを見ると、目を閉じたくなってしまう。

「水をかきだしてください」

水夫にいわれた。嵐がくる前、船頭に船から水をださないと沈んでしまう、といわれている。

直之進はおきくと力を合わせて、必死に桶で水をかきだした。かきだしてもかきだしても、次から次へと波は襲ってくる。きりがなかった。

だが、やめるわけにはいかない。水がたまれば、船は沈没してしまう。果てしない時間だった。本当にこれが永久に続くような気がした。

おきくと一緒ならこのまま果ててもいい。そんな気持ちにもなった。

だが、おきくと一緒だからこそ、生きていたい。その気持ちのほうがまさった。

腕がくたくたになる。しかし生きる、生き抜いてやる、その気持ちだけで桶で海水をすくい続けた。

いきなり光が走った。昼間のように一瞬、明るくなった。

稲妻だ。天が海面に大刀を叩きつけたような音がした。そのためか、さらに高々とそそり立った波が眼前にあらわれた。またも激しいしぶきをあげて、直之たちにかぶさってきた。

再び息ができなくなる。水が去った途端、稲妻が夜空を走り、頭上を覆う厚い雲が見渡せた。

この世の終わりがきたのではないか、と思えるほど、雲は低く垂れこめ、渦を巻いている。どの波も、雲に届きそうなほどの高さになっている。

雲をかっ食らってさらに高さを増し、船を目指して進んでくるように見える。

舵取りは必死の形相だ。がっちりとした綱を体に巻きつけ、目を凝らして次に襲ってくる波がどれなのか、見極めようとしている。

これまで何度も嵐に遭っているのは紛れもない。さすがに楽しんでいるようには見えないが、冷静なのは確かなようだ。

水夫たちも滑ったり、転げたり、海水に足をさらわれそうになったりしながらも、桶で海水を汲んでは海に捨てている。念仏がきこえてくるのは、水夫たちが唱えているからだ。

それでも、仏さま頼みではない。誰もが生きようと、必死に戦っていた。

登兵衛や和四郎、徳左衛門の姿を認めることができた。同じように桶をつかって水をすくいだしていた。

大丈夫だ、これなら。

直之進は確信を持った。

うおっ。

背後から声がきこえた。

なんだ、と思って見ると、前から十丈はあると思える波が、一町ほど先に立ちあがったところだった。ちょうど稲妻が走り、その明かりではっきりと見えた。

雷が落ち、海面が叩き割られるような音が響く。

また稲妻が雲のあいだを走り抜けた。大波は幸晋丸に狙いをつけたかのように、体をうねらせた。そのまままっすぐこちらに寄せてくる。

どうなるんだ。

おきくを抱き寄せ、直之進はその瞬間を身じろぎすることなく待った。

六

不意に、重い引出しが落ちたような音が鳴った。

台所で夕餉の支度をしていた千勢は手をとめ、そちらを見た。

あの人になにかあったのじゃないかしら。

戸ががたがたと揺れ動いている。だいぶ風が強くなっていた。

最近は、佐之助のことばかり考えている。

「千勢さん」

外から声がかかり、戸ががたがたと上下に動いてから横に勢いよく滑った。

「相変わらず建てつけが悪いのう」

箒を手にした岳覧《がくらん》が顔をのぞかせた。

「夕餉はできたかな」

「はい、あとはお味噌汁だけです」

岳覧が首を伸ばす。

「具はなにかね」

「お豆腐です」

「もう切ってあるのかな」

「はい、あとは鍋に入れるだけです」

「そうか」

岳覧が振り返り、空を見あげる。

「雲行きがおかしい。まとまった雲がびゅんびゅん流されてゆくんだ。嵐がくるかもしれん。今日はもういいから、千勢さん、帰りなさい」

「えっ、よろしいんですか」

「千勢さんが、飯を待つわしのもとにお膳を持ってきてくれるのは、楽しみの一つだが、今日そんなことをしていたら、雨や風にさえぎられて帰れなくなってしまう。千勢さんがそれでもいいというのならとめんが」

「帰ります」

苦笑した岳覧が丸めた頭を叩く。ぱし、といい音がした。

「千勢さんは、はっきりいうのう」

「いえ、ご住職がどうこうと申すより、お咲希ちゃんのことが心配なんです」

「ああ、そうじゃろう」

「ご住職、本当に帰らせていただいてよろしいのですか」

「ああ、かまわん。あとは豆腐を突っこめばいいんじゃろう」

「あの、味噌も入れてもらわないと」

「味噌か。たいていしくじるんじゃが、わかった、なんとかしよう」

よろしくお願いします、といって千勢は戸口に立ち、空を見た。

岳覧のいう通りで、厚い雲が北へ北へと渦を巻くように流れてゆく。黒い雲、灰色の雲、茶色味を帯びた雲、それぞれが入りまじり、ねじれるように空を走っている。

「まだ七つすぎというのに、もう暗くなってきたぞ」

次から次へと流されていっているのに、江戸の上空の雲はむしろ厚みを増していた。太陽はまだ西の空にあるはずなのに、逆巻いている雲にのみこまれたように消えてしまっていた。

「さあ、千勢さん、帰りなさい。じき雨も降ってこよう」

「では、お言葉に甘えさせていただきます」

千勢ははずした前掛けを折りたたんで、戸口の脇に置いた。

「では、これにて失礼いたします。ご住職、さようなら」

「ああ、さよなら。千勢さん、気をつけて帰るんじゃぞ」

はい、と千勢は辞儀をしてから外に走り出た。

風が強い力を持って体を包みこんでくる。足を踏ん張らないと、飛ばされそうだ。

お咲希ちゃんは大丈夫かしら。

心配だった。

強い風に後押しされたように、夜が急速にやってきた。あっという間に闇があたりを覆い尽くす。

風は強さを増し、戸や雨戸を鳴らし、土埃を巻きあげ、木々をしならせ、枝や竹籠などを飛ばしている。

風に追われるように家路を急ぐ人影は濃い。しかし、提灯をつける者など一人もいない。こんな風で火を入れられはしない。入れたとしても、提灯が風であおられ、つかいものにならないだろう。

雨が降りだしてきた。まだそんなに強い降りではないが、すぐに大粒の雨に変わりそうな烈しさを秘めていた。

家々の軒下の柱や塀を伝うようにして、千勢は長屋に帰ってきた。腰高障子に明かりが揺れている。千勢はほっとした。

「お咲希ちゃん、あけるわよ」

千勢は、風でたわんだ腰高障子を横に滑らせた。土間に入りこみ、すばやく腰高障子を閉める。

ほっとする穏やかさが身を包みこんだ。

だが、店は無人だった。

あれ、まだ帰っていない。

もうとうに手習所は終わっているはずだ。こんな天気だから、友垣と遊んでいたとしても、賢い子だから遊びは切りあげただろう。

帰っていないというのは、どういうふうに考えればいいのだろう。

お咲希は小柄だ。まさか風に飛ばされてしまったなんていうことはないだろうか。

千勢は心配で胸が痛くなった。

探しに行こう。

決意し、蓑を着こんで再び外に出た。路地を歩きだすと、風と雨が鞭でもくれるように、体を叩いてきた。

木戸をくぐり、路地を駆けこんできた小さな人影があった。

「お咲希ちゃん」

ほっとして呼びかけると、はっと顔をあげた。髪も顔もびしょ濡れだ。顎から水滴がしたたっている。

「おっかさん」

「どこに行っていたの」

「おっかさんを探しに行ってたの。なかなか帰ってこないから。でも雨と風が激しくなって、怖くなっちゃって」

「そうだったの。ありがとう」

千勢は、お咲希のやさしさに涙が出そうになった。抱き締めたくなったが、その気持ちを抑えた。

「さあ、はやく入りましょう」

二人して店に戻る。

「おっかさんはどこに行くつもりだったの」

千勢に髪や顔、着物を手ぬぐいでふかれつつ、お咲希がきいてきた。

「私は、お咲希ちゃんを探しに行こうとしていたのよ。ここにいなかったから、心配になって」

千勢が笑っていうと、お咲希が白い歯を見せた。

「私たち、似たもの同士ね」

「本当ね」

二人は笑い合った。とても幸せな瞬間だった。

「お咲希ちゃん、今日は湯屋に行けないけれど、いい」

「もちろんよ。こんな日じゃ、湯屋も閉まっているんじゃないかしら」

千勢とお咲希ははやめに夕餉を終え、布団に横になった。

「こういうときは早く寝て、朝がやってくるのを待つのがいいのよ」

千勢はお咲希にいった。

「今、佐之助さんのいる沼里は嵐がよくやってくる土地なの。私は嵐がきらいで、はやくいなくなってほしいから、すぐに布団にもぐりこんで、嵐がすぎるのを待っていたわ」

「そうかあ。私もそうしようっと。――ねえ、おっかさん」

「なあに」

「寝ていると、どうしてときははやくすぎてゆくの」

「それはねえ」

千勢は言葉を探した。

「眠りの海をたゆたうっていうでしょ。たゆたうっていうのは、ゆらゆら揺れてふらふらしているって意味なんだけど、眠りの海を行く船はそんな感じでも、とても船足がはやいのよ。だからときがすぐにたってしまうんだと思うわ」

我ながらうまくないなあ、と思ったが、口にした以上、もう仕方なかった。

しかし、お咲希から返事はなかった。体を起こしてのぞきこんでみると、すやすやと穏やかな寝息を立てていた。

気持ちよさそうだ。赤子のようにぎゅっと拳を握り締めている。

千勢は肌がけをかけ直してやった。

そっと横になる。

外はうるさかったが、意外にあっさりと眠りは訪れた。

佐之助がやってきた。

千勢はほっとした。

やっと帰ってきた。どんなにこの日を待ったことか。

長かった。沼里が気に入って、もう帰ってこないのではないかと思っていた。

どうしてこんなに長かったのですか。

たずねたが、佐之助は答えない。困ったような顔をしている。

どうしたんですか。

千勢は声を励まして呼びかけた。だが、佐之助は相変わらず無言だ。その場にとどまり、こちらに近づいてこようとしない。

千勢は足を踏みだした。佐之助がすっと下がった。

どうして。

千勢は涙が出そうなくらい悲しかった。

と思ったら、佐之助が不意に近づいてきた。苦しげな顔をしている。

どうしたのですか。

また佐之助が遠ざかる。しばらくすると、近づいてくる。

そればかりを繰り返した。

ああ、これは夢なんだわ。

ようやく千勢は覚った。佐之助がすっと闇のなかに消えていった。それからは、二度とあらわれてくれなかった。

ああ。

嘆声が出た。

――おっかさん。

水がしみ入るように頭に声が入りこんできた。

千勢は目をあけた。

「大丈夫」

お咲希の顔が眼前にある。

「ええ、もちろんよ」

店のなかはすっかり明るくなっている。夜はとうに明けたようだ。明るい陽射しが障子戸の向こうではねている。鳥たちも元気に飛びまわり、さえずっている。

寝汗で体がぐっしょり濡れていた。

「おっかさん、本当に大丈夫」

「ええ、大丈夫よ。どうして」

「だって、うなされていたから」

「そう」

千勢は布団の上に起きあがった。

「佐之助さんの夢を見たの」

「いいな。私も見たい。おじさん、ちっとも出てきてくれない。私、念じてから寝るのがいいっていわれたから、いつもそうしているのに」

お咲希にうらやましがられた。すぐに不思議そうにきく。

「おじさんが出てきたのに、どうしてうなされたの」

千勢は首をひねった。そばに置いてある手ぬぐいで顔や首筋、胸元をふく。少しはすっきりした。

「理由はわからないわ」

夢の内容を話した。

「そう、おじさんの顔が近づいたり、遠ざかったり……」

お咲希が暗い顔になる。

「なにかあったのかしら」

「大丈夫よ」

千勢は力強く請け合った。

「あの人は強いもの。なにかあったとしても、それでくたばったり、へこたれたりするような人じゃないわ」

お咲希が顔をあげた。目に明るい光が宿っている。

「そうよね、おじさん、全部、乗り越えられる人だよね」

「そうよ」

千勢は外に出てみた。

風はなく、一晩中、揺さぶられ続けた木々は疲れ切り、眠りに落ちているようにうなだれている。

水たまりがあちこちにできており、水面が朝日をはね返して、目にまぶしかった。

大気は澄んで、一気に秋がやってきた感すら受ける。

空は雲一つなく、どこまでもすっきりと晴れ渡っている。

「すごい、昨日とは別の場所にやってきたみたい」

お咲希が弾んだ声をあげる。

「本当ね」

この光景を目の当たりにした千勢は、脳裏に描いた面影に向けて、大丈夫ね、と静かに語りかけた。

第四章

一

舷側を打つ波音がした。なにかの鳴き声のようなものが耳を打つ。

はっとし、直之進は顔をあげた。

少し眠っていたようだ。甲板に座りこみ、垣立を背もたれにしていた。

すっかり風はやんでいる。海から波は消えていた。ゆったりとしたうねりはかすかにあるが、嵐の名残《なごり》にすぎないのだろう。

海はどこまでも真っ青だ。果てしなく広がっている。果てがあるとしたら、青い空と混じり合っているところだ。

空にも雲一つない。嵐にすべて連れ去られたかのようだ。

太陽が頭上から射しこみ、海は銀の砂でもぶちまけたかのように、きらきらと光を弾いている。

　奇跡だな。

　生きている。

　幸晋丸は浮いていた。

　腕にあたたかみを感じた。おきくは直之進の胸を枕にして、赤子のように眠っていた。すっかり直之進に頼り切っている風情だ。

　水夫たちが、甲板の上に雑巾のように横たわり、いびきをかいている。

　直之進は艫を見た。舵取りも同じだった。舵にもたれ、寝ている。

　登兵衛や和四郎、徳左衛門も疲れ切って横たわっていた。豪快ないびきは、徳左衛門のものだろう。

　ここはどこだ。

　無事なのがわかり、直之進はそのことが気にかかった。

　首を伸ばし、あたりを見まわす。

　陸地は見えない。四方はすべて海に取り囲まれている。

　大海のど真んなかか。

　吐息が出そうだ。恐れていたことが起きたのである。

　流されてしまったか。

これからどうなるのか。

直之進は小さく首を振った。

とりあえず、今は生きていることを喜ぼう。

おきくが身じろぎした。はっと目をあけた。直之進と目が合った。自分がどういう格好をしているか、気づいた。

あわてて起きあがろうとする。直之進は押しとどめた。

自然に顔を近づけていった。

おきくが、直之進がなにをするつもりなのか、覚る。逃げなかった。

直之進は唇を、おきくの唇にそっと押し当てた。

やわらかくて、あたたかい。

幸せだった。このままときがとまってしまえばいい、とすら感じた。

静かに唇を離した。おきくが潤んだ目をしている。

「うれしい」

つぶやくようにいった。

「俺もだ」

おきくを強く抱いた。おきくが、ああ、とかすかに声をだした。

このままおきくを甲板に押し倒したい衝動に駆られる。戦国の頃、戦を終えたばかりの武者というのは、こんな感じだったのではあるまいか。生死の狭間をくぐり抜け、生きているという証を、女体をむさぼることで得たかったのではないだろうか。

しかし、ここでそんな無体な真似をするわけにはいかない。

水夫の一人が目を覚ました。ねぼけたような声を発し、立ちあがる。きょろきょろとまわりを見渡す。

「あー、生きてる」

叫ぶようにいった。心の声だろう。

それをきいて、ほかの水夫たちも次々に目を覚ましはじめた。

登兵衛や和四郎、徳左衛門もむにゃむにゃといいつつ起きあがった。三人で結わえていた綱をはずしている。

おきくも立った。まわりを見まわしている。

「名残惜しいですけど、私たちもはずしますか」

おきくが綱を手にしていう。

「そうだな。幼子がするように、いつまでもつながっていたいが、そういうわけにもいかぬ」

直之進はそっと綱をはずした。だが、これで二人の絆が切れたわけではない。むしろ深まった。さきほどのおきくの唇のやわらかさはしっかりと残っている。

直之進は登兵衛たちに歩み寄った。

「おう、湯瀬さま」

和四郎が認めて、顔をほころばす。

「互いに生きのびましたね」

「うむ、よかった」

「あんな嵐に遭って、よく死なずにすんだものです」

登兵衛がしみじみといった。

「まったくだ。お互い、悪運が強いということにござろう」

隣で徳左衛門が肩を叩いている。

「しかし、わしのような年寄りには、昨日の嵐は正直、きつかった」

「徳左衛門どの、あれは誰にとってもきつかったですよ。練達の水夫たちも伸びたくらいですから」

「ああ、そうか。歳は関係ないの」

徳左衛門が背伸びをするように見まわす。

「それにしても、ここはいったいどこなのかの」

「ええ、まったく」

和四郎もきょろきょろしている。

「陸地はどこにも見えませんね」

登兵衛が手をかざして眺める。

「多分、我々は東に流されたのでしょう。だとしたら、陸地はあちらということになりましょうな」

太陽の位置を確かめてから、西の方角を指さした。

直之進はそちらを見た。大気は澄んでおり、すばらしく遠くまで視界がきいているが、陸地らしいものはうっすらとも見えない。

船頭が寄ってきた。

「今から帆をあげます」

「凪だが、走るのかな」

登兵衛が船頭にきく。

「まかせてください」

自信ありげに船頭が腕を叩く。

「それで、どちらに向かうのですか」

和四郎がきいた。

「昨日の嵐の風向きからして、我らは安房国から見て、艮《うしとら》の方角に流されたと思います。ですので、向かうのはこちらですな」

登兵衛の示した方向と若干ずれていたが、指さしたのは西だった。

「こちらに進めば、帰れます。まずまちがいないでしょう」

「どのくらいの距離ですか」

さらに和四郎が問う。むずかしい顔をして、船頭が首をひねる。

「どのくらい流されましたか。五十里はいかれましたかね」

「五十里」

そこにいた全員が息をのんだ。

「そんなにびっくりすることはありません」

船頭が皆を安心させるようにいう。

「江戸から西へ五十里だと、遠江に行くくらいの感じでしょう。遠州の天竜川の河口には、掛塚《かけつか》という湊があります。そこに行くようなものですよ」

「どのくらいかかりますか」

「そうですね。二日も走れば、きっと陸地が見えてきましょう」

ここはまかせるしかない。素人が口だしできるようなことではないのだ。まさか異国に行ってしまうようなことはあるまい。今は無事に日本に着ければ、それ以上のことはなかった。

船頭が帆柱のそばに行った。水夫たちに命じて、帆をあげさせる。

すぐに船は動きはじめた。

このあたりの手軽さは、すばらしいと船頭がいっていた。九州の長崎には阿蘭《オラン》陀《ダ》船も入ってくるが、ここまでたやすく動きだすことはできないそうだ。

「では、やつの様子を見てまいりますよ」

登兵衛がいった。

ああ、そうか。

この船には島丘伸之丞を乗せていた。直之進は忘れていた。

「湯瀬さま」

和四郎が呼びかけてきた。

「うまいこと、やりましたな。それがし、頬が赤くなってしまいました」

ささやきかけてくる。直之進は驚いた。

「見たのか」

「ええ。いわぬほうがいいかとも思いましたが、どうしても口にしたくて。申しわけなく存じます」

登兵衛を追って胴の間におりていった。

見られていたか。

これが家中のできごとで、仮に周知の噂になってしまったら、切腹まではいかないものの、蟄居《ちっきょ》くらいはあるだろう。今の又太郎ならそこまでもないかもしれない。


――そうだ。

自分が助かったことで、すっかり失念していた。

又太郎や琢ノ介が乗っていたあの快速船と離ればなれになってしまった。

その前に、あの船が沈んでしまった、などということは考えられないか。

よそう。つまらないことを考えるのはやめたほうがいい。

又太郎も琢ノ介も運が強い。あの程度の嵐で死ぬはずがない。

直之進は信じた。

「直之進さま、なにをお考えになっているのですか。お二人のことですか」

　おきくが問う。

「そうだ」

「お二人のことは私も心配です。平川さまには沼里まで連れてきていただきましたし」

　そうだった。おきくは直之進になにかあったのではないか、という胸騒ぎがあり、琢ノ介に頼んで沼里に一緒に行ってもらったのである。

「直之進さまは、お二人のご無事を信じていらっしゃるようですけど、私も大丈夫だと思います。こちらが大丈夫だったのですから」

　おきくが力強く励ましてくれる。

「それに、特に平川さまはあのくらいの嵐、へっちゃらです。こうして風がおさまったのも、平川さまのおなかに嵐がおさまったからにちがいありません」

「確かにあの腹なら、あのくらいの嵐、吸いこむことができような」

　直之進の脳裏には、十丈に及ばんとする高さの波がある。

　あれに向かって船は突き進んでいった。向こうから寄せてきた。

　舳先が持ちあげられ、そのあと一気に海の底まで落ちてゆく感じを味わった。

船は三和土《たたき》のようなかたさを持つ水面に思い切り叩きつけられたが、ばらばらに壊れるようなことはなかった。船頭がいっていたように、船は頑丈につくられていた。

あの波が、昨夜の嵐が持っていた最高の力を具現したものだったのだろう。あれを乗り越えてからも長かったが、必ず乗り越えられるという自信を抱いたのは紛れもない事実だ。

「あっ、いるかです」

おきくが海面を指さす。

十頭ばかりのいるかが、幸晋丸の舳先そばで波を切って泳いでいる。

「もしかすると、連れていってくれるかもしれませんぜ」

直之進たちに寄ってきて、同じようにいるかを見つめている船頭がいった。

「陸地にか」

「ええ。いるかを水先案内人にして、助かったという話は枚挙にいとまがありません。これで、あっしらも大丈夫ですよ」

夕暮れ近くになって、西の空の下に陸地がうっすらと見えた。

五十里も流されていなかったのがはっきりしたが、そのことをいう者など一人もいなかった。誰の心にも喜びだけしかなかった。

「助かったあ」

大きな歓声があがった。

直之進はいるかに感謝した。

「神さま、仏さまが遣わしてくれたんだ」

水夫たちがいい合っている。

いるかたちはいつの間にか姿を消していた。もう自分たちの役目はすんだといわんばかりの、鮮やかな消え方だった。

二

生きた心地がしなかった。

それが琢ノ介の偽らざる感想だ。

牢のようにせまい船の一室に閉じこめられ、縛めをされたままだったのだから。

もし船が沈めば、一緒に海の藻屑となっていたところだった。

いったいなにがあったのか、船がいきなり揺れだしたのには面食らった。嵐に突っこんだようにしか思えなかった。船は、ただの板きれと化したように揺れに揺れた。

琢ノ介はせまい部屋のいたるところに頭や体をぶつけた。しかし、痛みはまったく覚えなかった。

今にもばらばらになってしまうのではないか、それが次の瞬間にやってくるのではないか。

琢ノ介はそればかり案じていた。痛みを感じている余裕などなかった。

横で又太郎は泰然としていた。大きく揺れて体を鞠《まり》のように転がされても、壁で鼻を打っても、床で頭を打っても、平気な顔をしていた。いま考えると、すでに覚悟を決めていたのだろう。

琢ノ介はこんなところで死ぬのはまっぴらだったから、必死に生きるためにあがいていた。顔は蒼白になっていたはずだ。

又太郎を見習いたい気持ちはあったが、そこまで人間ができていなかった。

部屋のなかで又太郎と一緒に転がりながら、船が沈まないことだけを一晩中、祈り続けていた。

「平川、地獄を見たな」

さすがに又太郎も、疲れ切った表情をしている。

琢ノ介も憔悴を隠しきれない。

少し休みたい。歩くのは、もういやだ。腰をおろしたい。

だが、まわりを取り囲む侍たちがそれを許してくれない。

足の縛めはないが、腕と体をきつく締めている縄はほどかれない。

琢ノ介は又太郎と一緒に、砂の上を歩いていた。

昨夜の恐怖はいまだに薄れない。

地獄としかいいようがない状態が何刻も続き、体力も気力も尽き果てようとしたとき、数十頭の馬がぶつかってきたような衝撃が伝わり、船が大揺れに揺れた。

荷物が崩れ落ちるような音がし、人の悲鳴がきこえてきた。それまでずっと唱えられていた、水夫たちの念仏はまったく耳に届かなくなった。

ついに船が真っ二つになったのだな。おしまいだ。

琢ノ介は覚悟を決めた。

ああ、沈んでゆくのか。これでわしの人生もおしまいか。あまりいいこともなかったなあ。ここで死ぬんだったら、どうして沼里で殺しておいてくれなかったんだ。溺れ死にはいやだ。

船がきしみ、木が無理矢理に裂かれるようないやな音が伝わってきた。

また船が大きく揺れた。木がねじれ、折れ曲がり、激しく割れるような音が続けざまにきこえた。

ついに琢ノ介たちのいるところに浸水してきた。

もう死んだな。

琢ノ介は本当にあきらめた。

だが、ほっかむりを深くした水夫が来てくれて、手足の縛めを切ってくれた。

それで琢ノ介と又太郎はせまい部屋を逃げだした。

船の一番上に出た。波しぶきが砂粒のように飛び、うなりをあげて風が吹きすさび、横殴りの大粒の雨が顔を叩き、空ではすさまじい雷鳴が轟いていた。

暗かったが、稲妻のおかげでそこは海の上でないのはすぐにわかった。

座礁したのだ。

助かった。生きている。

琢ノ介は又太郎の腕を取り、船をおりた。すっころばぬよう注意して走った。

だが、今度は稲妻が仇《あだ》になった。昼間のような光で、逃げようとしているところを見つかってしまったのだ。

激しい風と雨に紛れ、闇のなかに逃げこもうとしたが、敵のほうがずっと足がはやかった。稲妻が立て続けに光り、居場所を知らせたのも痛かった。

背後から追ってきた者は振り切ったが、前途をさえぎった者たちにあっさりととらえられた。

最初からそこで待ち構えられていたのだ。背後から琢ノ介たちを追いこみ、とらえるつもりでいたようだ。

再び腕と体に縛めをされた。相変わらず痛いくらいだったが、ここで文句をいっても、ゆるめてはくれない。琢ノ介は平気な顔をしていた。

歩き続けているうちに、風がゆるやかになり、雨も弱くなっていった。稲妻は遠くに去り、ときおり落雷が東の海上からきこえてくるくらいだ。

嵐は駆け足で去ったようだ。

東の空には沼の泥を流しこんだような黒い雲がわだかまっているが、わずかずつ薄くなっている。明るくなってきているのは、夜が明けつつあるからだろう。

雲が薄くなろうとしているとはいえ、太陽は顔を見せない。あの雲を突き破って姿を見せるのは、少なくともあと一刻はかかるだろう。

西の空に目を転じると、鮮やかな青さが一杯に覆っていた。雲などどこにもない。すべて嵐が引き連れていったようだ。

それにしても、ここはどこなのか。

琢ノ介は前後を見渡した。はるか彼方まで砂浜が続いている。こんな広い浜は、これまで見たことがなかった。

どこだ、ここは。本当に日本なのか。異国に流れ着いちまったんじゃないのか。

右手は海だ。左手は、盛りあがって段々になっている土地に草や背の低い木々が生えている。その向こうには、松林が見えている。あれは防風林か。

人とは出会わない。こんな荒涼としたところ、あまり人が住んでいないのだろう。しかし、防風林があるということは、農作物がつくられているのだ。ということは、人が住んでいるのだ。

でも、本当にここはどこなんだ。

海水に濡れ、冷たい雨に打たれ続け、やや冷たさを帯びた乾いた風が強く吹きはじめている。そのせいで、琢ノ介は寒くてならなかった。犬が体のしずくを振り払うように激しく震えそうだ。くしゃみが立て続けに出た。

又太郎の唇も青い。琢ノ介と同じく肌寒いのだろう。

「大丈夫にござるか」

鼻水をたらしながら琢ノ介は気づかった。

「ちと寒いな。だが、平気よ。これしきでへこたれる余ではない」

やせ我慢かもしれないが、侍がそういうのなら大丈夫だ。侍という生き物は、見栄を張るのが商売のようなものだ。見栄がなくなったら、侍としての価値はない。

船が沈む、沈まないであれだけあたふたしてしまって、わしはもう侍としての矜持はないのかな。

寒さをこらえて歩き続けていると、雲が薄くなった割れ目から陽が射しこんできた。

「あたたかいなあ」

知らず言葉が口をついて出ていた。

「まことだな」

又太郎がほほえみかけてくる。やさしげな笑顔だ。心にしみ入るものがある。こういう人の心を打つものを持っているからこそ、人の上に立てるのだろう。

「又太郎さま、ここはどこでしょう」

警固の侍たちがじろりと見たが、口をきくな、とはいわなかった。

「ずいぶんと広い砂浜ですが」

「九十九里浜であろうな」

耳にしたことはあるような気がする。その程度のもので、九十九里浜がどこにあるのかも琢ノ介は知らない。

「ほら、この先、浜が湾曲しているのがわかるだろう」

「はい、確かに」

又太郎のいうように、浜は弓のように右に反《そ》っている。その先で浜は切れ、岬になっているようだ。

「あの岬は犬吠埼《いぬぼうさき》だろう」

「犬が吠える、と書く岬ですね」

「そうだ」

「九十九里というくらいだから、それだけの長さがあるのでございますか」

「あるといえばある。ないといえばない」

「どういう意味にございますか」

「平川は、源頼朝公を存じているか」

「はい、鎌倉に幕府をひらいた源家《げんけ》の大将でいらっしゃいます」

「この地には、頼朝公の伝説があるんだ。昔の律令制では今のものとは異なり、一里が六町にすぎなかった。頼朝公は、律令制の一里を用いて矢を刺してゆき、それで、九十九里あったから、この名で呼ばれるようになったといわれている」

なるほど、と琢ノ介は相づちを打った。

「それで、あるといえばある、ないといえばない、ということになるのでござるのか」

歩き進むうちに、浜に引きあげられている漁り船が、いくつも日に入るようになってきた。

「このあたりは、なにがとれるのでございましょう」

琢ノ介は又太郎にたずねた。

「鰯《いわし》の地引き網が盛んときくぞ」

「鰯はうまいから、いいですな」

「それに大量にとれる。肥料になったり、灯油になったりする」

「ああ、さようですな。それがしも灯油は魚油にござる」

「くさいときくが、まことか」

「はい、とてもにおいますなあ」

「そうか。わしもつかってみるか、といいたいところだが、許してはもらえぬだろうな」

「それがしのような下々《しもじも》の者に合わせることはありませぬ」

「鰯の地引き網は紀州から伝えられたそうだぞ」

「それはまた遠いところから。紀州とこのあたりとは関係があるのでございますか」

「黒潮で結ばれているんだろう」

「海の道でござるか」

「そういうことだ。我が沼里も、紀州とは黒潮でつながっている」

「とおっしゃいますと」

「沼里には鈴木という姓が多い。家中にもたくさんおる。これは紀州の鈴木孫市《すずきまごいち》の流れが沼里に黒潮に乗ってやってきたからといわれている」

「鈴木孫市でござるか。きいたことがありますな」

「戦国の昔、雑賀《さいか》の鉄砲衆を率いたことで知られている」

「ああ、雑賀孫市でござるか」

「そうだ」

まわりの侍たちは、琢ノ介たちの会話に耳を傾けている様子だ。浜を進む足に迷いがないことから、このあたりに土地鑑があるのはまちがいなかった。

「よし、ここで休む」

侍の一人がいった。

琢ノ介はほっとした。やれやれ、とばかりに座りこむ。松林のなかに消えている道があるのを、見て取っていた。

あの道を行くのか。多分、そうだろう。

海にはうねりがあるが、昨日の嵐が幻だったかのように波はない。軽い音を立てて、浜に打ち寄せているだけだ。

「直之進たちはどうしておるかな」

隣に腰をおろした又太郎がいった。

「生きておりましょう。やつはしぶとい男にござる。昨夜の嵐にやられるような男ではございませぬ」

「わしもそう信じている」

だが、もし船が沈没し、島丘伸之丞が死んでしまっていたら、わしらはどうなるのか。殺される運命なのか。

だが、直之進が生きているのなら、島丘もきっと無事だろう。

やがて、松林のなかから二挺の駕籠があらわれた。なかなか上等な権門《けんもん》駕籠だ。四方が板張りで、すだれ窓がついている。

あれにわしらを乗せてゆくのか。

権門駕籠は大名の家臣が主《おも》に乗る。まさかこんないい駕籠がやってくるとは思わなかった。

「乗れ」

琢ノ介と又太郎は、無理に駕籠に入れられた。その寸前、又太郎が手に握り締めていたなにかを捨てたように見えた。なんなのか、琢ノ介にはしかとは見定められなかった。

駕籠はすぐに動きだした。

いったいどこに連れていかれるのか。

琢ノ介は、今度はその不安で胸が一杯になった。

そこで斬られるのではないか。又太郎さまは不安に駆られていないのか。

琢ノ介は脳裏に描いてみた。

泰然自若としている姿が浮かんだ。

わしも見習わなければ。

自然と背筋が伸びた。

なにか箒をかけているような音が背後からしてきた。

なんだ、と琢ノ介は引き戸を噛んで横に動かした。すだれを透かして、数人の侍が本当に箒をかけているのが見えた。

足跡を消しているのだった。

三

昨夜の嵐はすごかった。

屋根や雨戸が飛ばされるのではないか。柱が折れてしまうのではないか。

富士太郎は本気で八丁堀の屋敷が潰れてしまうのではないかと心配した。

安普請の割に頑丈にできているのか、屋敷は持ちこたえた。

嵐のあいだ、屋敷のこと以上に気になっていたのは、直之進のことだ。

大丈夫だろうかね。船が沈んでしまったなんてこと、ないだろうね。

そんなことを考えると、胸が締めつけられるように痛くなる。

でも、直之進さんは優男《やさおとこ》だけど、ああ見えて、しぶといからねえ。きっと昨日の嵐なんて、乗り切っているよ。

「旦那、また独り言をいってますよ」

横にいる珠吉にいわれた。

「そうかい、また口に出ていたかい」

「またどうせ湯瀬さまの心配をしていたんでしょう」

「どうしてわかるんだい」

「つき合いが長いからですよ。旦那のおしめを替えたことが何度もあるんですからね。旦那の立派な持ち物を、何度も拝ませてもらいましたよ」

「そんなに立派、立派っていわないでおくれよ。直之進さんに知られたら、きらわれちまうよ」

「知られても、なんてこと、ありませんよ。旦那のが大きかろうと小さかろうと、湯瀬さまには興味がありませんて」

「珠吉はどうして夢も希望もないことを平気でいえるんだい」

「もともと夢と希望を持つこと自体、まちがっているからですよ。前からいっているように、湯瀬さまは男に興味はまったくありませんからね」

　まったく、に力をこめて珠吉がいった。

「そうかねえ、やっぱり」

「そうですよ。旦那、さっさと湯瀬さまのことはあきらめたほうがいいですよ。

それに――」

　珠吉が言葉を切る。

「おきくちゃんが沼里に行ったじゃないですか。きっとあの二人のあいだには、
なにかあったに決まっていますよ」

「なにかあったって、なにがだい」

「男女のあいだのなにか、といったら、一つでしょう」

「直之進さんは、そんな破廉恥な男じゃないよ」

　知らず声が高くなっていた。

「旦那、もうやめましょう。おしゃべりしている場合じゃありません」

「ああ、そうだね」

富士太郎はそれきり口を閉じた。

二人で、湯気の釈蔵を待ち伏せしているのだ。

目の前の商家が狙われるのではないか、と富士太郎たちは踏んでいる。

商家は早瀬屋《はやせや》といい、油問屋だ。上質な油だけを扱い、得意先も名の知れた料亭が多い。

早瀬屋でなければ、という店ばかりで、得意先をがっちりと握っているのを強みとしていた。

これまで狙われた四軒の商家は、だいたい日本橋周辺に集中していた。しかし、湯気の釈蔵は日本橋に位置する商家には、これまで入ってきていない。

いつも日本橋近くの町の商家だ。

ここも日本橋のすぐそばだが、日本橋ではない。

そのなかでも、一番大きな商家だ。内証も豊かなのがわかっている。こちらの調べでわかったのだから、湯気の釈蔵にもすでに調べはついているはずだ。

仮に今夜、姿をあらわさなくても、この商家はずっと張り続けるつもりでいる。今夜、もしよそに入ったとしても、ここの張りこみだけは続ける。

そんなかたい信念を、富士太郎たちは持っている。

なにしろ早瀬屋の二軒隣が旅籠なのだ。しかも、その旅籠の小田原屋《おだわらや》に湯気の釈蔵らしい者が昨日から泊まっていることを、珠吉が宿の者にきいてきたのだ。むろん、一人部屋だ。

富士太郎は男の顔を確かめたかったが、盗人などの手合いは妙に敏感な者が多い。覚られる恐れがあった。

下手に動くのはやめ、やつが盗みにあらわれるのを待つことにした。

江戸の旅籠には、もともと長逗留の者が多い。江戸見物に来た者や、出舎の訴訟で江戸に出てきた者だ。そういう者は何日も逗留する。その手の者はまず除いた。

一泊か二泊で旅籠を出た者で、相部屋をいやがった者。そして、盗みに出やすく、捕り方に踏みこまれたときに逃げやすい二階を望んで部屋を取った者。

富士太郎と珠吉は、そういう者を飽きることなく探し求めたのだ。

そして、ついにその条件にぴったりと当てはまる男が泊まったことのある旅籠を見つけたのだ。

男は、相模からやってきたことになっていた。名は千吉《せんきち》といい、錺《かざり》職人をしているとのことだ。

その旅籠の者に人相をきいた。利発そうな若い女中が、千吉のことをよく覚えていた。

着衣が垢抜けして、着こなしが気が利《き》いていた。体つきがすらりとして、格好よかった。まつげが長く、鼻も高く、笑顔がさわやかだった。

憬れていたのかもしれない。千吉と名乗った男は、その旅籠に二泊していた。

まちがいないのではないか。

富士太郎は女中に詳しい話をきき、人相書を作成した。

いま富士太郎たちが張りこんでいる早瀬屋のそばの小田原屋にいるのは、人相書によく似ている男だった。

小田原屋の部屋に踏みこみ、有無をいわさずとらえることも考えたが、証拠がない。それに男は昼間から出ていた。

おそらく、油のにおいを嗅ぎつつ早瀬屋の庭にじっとひそんでいるのだろう。

今頃、いつ忍びこむか、呼吸を計っているにちがいない。

富士太郎たちは、早瀬屋のはす向かいの路地にいた。そこには防火用水の桶がいくつも積んであり、二人して身を隠すのには、格好だった。

富士太郎と珠吉はひそんだまま、ときがすぎてゆくのをじっと待った。

ただ待つのは、ひじょうにつらかった。しかし、これも町方の立派な仕事だ。

やり遂げるしかなかった。

横顔に視線を感じた。

「なんだい」

富士太郎は、珠吉にささやき声でただした。

「旦那もほんと、一人前になってきましたねえ」

珠吉が声を殺して返す。

「そうかい」

「そうですよ。あっしが中間をつとめはじめた頃とくらべたら、まさに雲泥の差ですからねえ」

「前とそんなにちがうかい」

「ちがいますねえ」

「珠吉のおかげだよ」

「あっしはなにもしていませんて」

静かにかぶりを振った珠吉が、真摯に言葉を続ける。

「すべては旦那が毎日毎日、常に前の日より上を目指そうと志していたからですよ。努力のたまものですぜ」

どこからか犬の声がきこえた。おびえているのか、それともなにかを見つけたのか、しきりに鳴いている。

九つの鐘が夜気をやわらかく裂いて響いてきた。それを合図にしたかのように、犬が鳴きやんだ。

「来ますぜ」

気配を感じ取ったか、珠吉がささやく。

こういうところは富士太郎がまったく珠吉に及ばないところだ。はやく自分もこんな獣の勘のようなものを身につけたい。

早瀬屋の右側は路地になっている。塀の上に顔だけがあらわれたのが見えた。

富士太郎たちのところからでは、かろうじて横顔が見えるだけだ。

顔だけ覗かせた男は、路地に人けがないか慎重に確かめている。

人影がひらりと塀の上に腹這いになり、さっと乗り越えた。路上にすっと立つ。ほっかむりをはずし、なに食わぬ顔で表の道に出てきた。

男は、夜の特に暗いところを選んで歩を進めている。富士太郎たちがひそんでいる防火用水桶の置かれている路地に、ちらりと視線を投げてきたが、富士太郎たちに気づいた様子はなかった。

富士太郎には、ここでとらえる気はなかった。これだけ道が入り組んだ場所では、闇に乗じて逃げられる恐れがある。こんな広いところでつかまえようと試みなくとも、まずまちがいなく男は小田原屋に戻る。

それから、きっと朝までぬくぬくと眠るのだろう。そこを急襲すればいいだけの話だ。

住みかはあるのだろうが、そこに戻らないのは、町々の木戸をいちいちあけてもらうのが、面倒くさいということもあるのではないか。

男は迷いのない足の運びで、今夜のねぐらとしている旅籠へと向かっていった。

旅籠の前に立つと、再びあたりの気配をうかがった。跳躍して軒に手をかけ、軽業師のように、するするとあっという間に軒の上に身を乗せた。

すごいね、あれは。

ここでとらえようとしなかったのは、正しい判断だった。

男は庇の上を忍び足で歩き、一室の障子のそばまで移動した。障子を音もなくあけ、体を蛇のようにもぐりこませた。障子がなにもなかったように閉じられる。

それから半刻ばかり待った。盗みの興奮が冷め、寝つくまでにはこのくらいかかるのではないか、と二人はにらんでいる。

「そろそろいいかな」

富士太郎は珠吉にうかがいを立てた。

「いいんじゃありませんかね」

「よし、行ってくるよ」

富士太郎は高ぶる気持ちを抑え、一人、小田原屋の裏口に足を向けた。

不用心で申しわけなかったが、裏口はあけてもらっていた。宿の者に表口をあけてもらい、なかに入るのは、湯気の釈蔵の眠りを覚ますことになるのではないか、という危惧があった。

裏口の戸を音がしないようにあけ、体を入れる。静かに閉めた。

母屋の台所口も、鍵をせずにあけてもらっている。

富士太郎はなかに入った。懐から十手《じって》をだし、握り締めた。

かまどがしつらえられている土間を動き、板敷きの間にあがった。

すぐそばに二階につながる階段がある。足音を忍ばせてのぼる。

二階の廊下に出て、湯気の釈蔵のいる部屋に向かった。

さすがに胸がどきどきしてきた。廊下が左に曲がっている。角で富十太郎は足をとめた。顔をのぞかせる。

廊下の突き当たりの右側の部屋で、湯気の釈蔵は寝ているはずだ。明かりはついていない。

富士太郎は胸を押さえた。息を殺して廊下を進む。床板がきしまないよう、廊下の端を歩いた。

行くよ。

心で珠吉に呼びかけておいてから、腰高障子をすっとあけた。なかに飛びこむ。

布団にくるまっていた湯気の釈蔵と思える男は、はねるように飛び起きた。さすがに鋭敏すぎるほどだ。

「湯気の釈蔵、御用だよ。おとなしくしな」

富士太郎は目の前の影にいいきかせるようにいった。

「おまえさんの運は、ついに尽きたんだよ」

「冗談じゃねえ」

叫ぶようにいって、湯気の釈蔵が表側の障子に手をかける。

「そうはさせるかい」

富士太郎は十手を振るった。だが、あっさり避けられた。

湯気の釈蔵は富士太郎の脇を鼠のように抜けようとした。しかし富士太郎はそれを許さなかった。すばやく引き戻した十手を下から振りあげたのだ。

十手は湯気の釈蔵の顎をとらえた。ぐっ、と息がつまったような声をだし、体勢を崩しかけたが、湯気の釈蔵はくるりと身をひるがえし、また表側の障子に向かった。今度はあけようとしなかった。そのまま頭から突っこんでいった。

障子が破られる前に、富士太郎は湯気の釈蔵の背中に十手を見舞った。

ぐう、と口のなかで抑えたような声をだして背をそらしたが、かまわず湯気の釈蔵は障子を突き破っていった。紙と木がばらばらになる激しい音が立つ。

庇の上に出た湯気の釈蔵は、ふらふらしつつも路上に飛びおりた。道を走ってゆく。だが、十手の一撃を二発も食らった衝撃は並みではなかったようで、足の運びからはなめらかさが失われていた。

珠吉、頼むよ。

富士太郎は心で声をあげた。

その声がきこえたように庇の影から珠吉があらわれ、湯気の釈蔵に向かって縄を投げた。あやまたず足にくるくると巻きついた。

湯気の釈蔵がたまらず道に転がる。最初はなにが起きたかわからなかったようだが、縄が足にからみついているのを見て、必死に取ろうとする。

珠吉が、すっと湯気の釈蔵の前に立ちはだかった。

「観念しな」

湯気の釈蔵が珠吉を見あげる。縄を取るのはあきらめ、そのまま背中を見せて逃げだそうとした。

「たわけが」

深く踏みだした珠吉が手刀で、がら空きの首筋をびしりと打つ。あっ、と背をのけぞらせたあと、湯気の釈蔵は地面にうつぶせになった。それきり動かない。

「やったね」

富士太郎は珠吉に声をかけた。

珠吉が手をあげて応え、捕縄で湯気の釈蔵をがんじがらめにした。

「おまえ、湯気の釈蔵だね」

自身番の奥の三畳の板の間で、富士太郎はただした。

壁に鉄の環があり、それに湯気の釈蔵の手が通されている。鉄の環には手首ががっちりとはまっていた。

「ええ、そうですよ」

ぼそりと答えた。

富士太郎は、人相書と見くらべた。話をきいた旅籠の若い女中の言は正確だった。よく似ている。

「本名かい」

「ちがいます」

「本名はなんというんだい」

「忘れました」

「千吉じゃないのかい」

「ちがいます」

「ふん、親不孝なやつだね」

湯気の釈蔵は少し下を向いた。

今回もやはり十二両を盗んでいた。まるでお守りのように、後生大事に懐にしまっていた。

「どうして十二両だけ盗みだすんだい」

湯気の釈蔵が顔をあげる。少し笑った。

「だいぶ考えなすったんで」

「ああ、考えさせられたよ」

富士太郎は素直に口にした。

「たいした理由はありませんよ」

「どんな理由だい」

「あっしは相模の小田原の出なんですよ」

「それが小田原屋に泊まって、つかまったのかい」

話の腰を折ることを承知で、富士太郎はいった。

「お笑い種《ぐさ》ですね。あっしも泊まるとき、なんとなくいやな予感がしたんですよ。案の定、こんなことになっちまった」

「自業自得だよ」

「そうですね」

湯気の釈蔵は逆らわなかった。もうすっかり観念している。

「小田原で最初に盗みを働いたとき、十二両、いただいたんです。それがうまくいって、つかまることがなかったものですから、十二って数にはなにかいいことがあるのかって調べてみたんです」

「なにかわかったのかい」

「お釈迦さまの誕生された日が四月八日であるのがわかりました」

「そうだね、灌仏会《かんぶつえ》の儀式があるね。足して十二か」

「ええ、ですから、お釈迦さまの加護があるんじゃないかって期待がありました。それから、四苦八苦という言葉が仏教からきていることも知りました」

「へえ、そうなんだ。でも四苦八苦じゃあ、加護の逆なんじゃないかい」

「こじつけなんですけど、十二という数字を取ってしまえば、四苦八苦しないですむのではないか、って思いまして」

ふん、と富士太郎は鼻を鳴らした。

「本当につまらない理由だね。結局、これから地獄で四苦八苦するんじゃないか。まったく人さまも手にかけちまって、お釈迦さまもなにもあったもんじゃないだろう」

はたかれたように湯気の釈蔵が顔をあげた。

「人さまを手にかけたってどういう意味ですか」

「別戸屋という布団屋を覚えているだろ。犬に吠えられて、逃げた家だよ」

「ええ、それはよく覚えています」

湯気の釈蔵は悔しそうに答えた。

「驚いて廊下を走ったとき、立ちはだかった番頭を押しのけただろう。かわいそうに番頭は打ちどころが悪くて死んでしまったよ」

湯気の釈蔵はあっけに取られている。はっと我に返ったように、強い目で富士太郎を見つめてきた。

「あっしは番頭を押しのけてなどいません。犬に吠えられて逃げだしたけど、無人の廊下を走り去ったんです」

四

見えている陸地は、どうやら九十九里浜のようだ。いくつもの段になっている砂丘とその背後に広がる松林が見えている。

又太郎たちを乗せた船とはぐれてしまった今、どこへ向かうべきなのか、直之進は判断に迷った。

昨夜の嵐の名残などまったくない、よく乾いた甲板の上で、登兵衛たちと協議した。

とにかく北に向かいましょう、ということになった。

「又太郎さまたちを乗せた船は、利根川《とねがわ》に行こうとしていたのではないでしょうか」

熟慮したのち、登兵衛がいったのだ。

「銚子あたりで船を替え、利根川をさかのぼり、佐倉に行くつもりだったのではないでしょうか」

登兵衛も、江戸近くの検見川湊で船をおり、そこから陸路を行ったほうが佐倉には早いことは知っていた。

「しかし、あそこは往来が多い街道だけに人目につきやすいのは確かです。それをきらって、海路を選んだのかもしれません」

一刻ほど北に進んだとき、舳先にいた水夫が大声をあげた。

「座礁したらしい船が見えます」

直之進たちは、水夫が指さしている方角を見つめた。

二町ばかり離れているが、浜に船の残骸があるのがはっきりとわかる。

あれは、又太郎さまたちが乗っていた船だろうか。

ばらばらにはなっていないものの、大地震に遭った家のように、ひしゃげている。昨日の嵐で、渦巻く風に岸に引き寄せられたものだろう。

確かめなければならない。幸晋丸から伝馬船をおろしてもらい、直之進は乗りこんだ。幸晋丸を見あげる。

「浜について、もし足跡があれば、それをつけてみる。登兵衛どのは、この船で先に進んでくれ」

「承知いたしました」

快諾した登兵衛が和四郎をつけてくれた。

伝馬船が波を切って進みだす。直之進は幸晋丸を振り返った。

おきくが舷側にいる。気をつけてください、と唇がいった。わかっている、と直之進は深くうなずいた。

「うらやましいですね」

和四郎が冷やかすような顔つきでいう。

「和四郎どのは独り身か」

おきくから目を離すことなく、直之進はきいた。

「ええ、まだこれといって縁がありません」

「和四郎どのはいい男ゆえ、きっとすぐに見つかる」

「おきくどのは双子でしたね」

おきくを見つめながら、直之進は小さく首を振った。

「もういい相手が見つかったそうだぞ」

和四郎が町人のように額を叩く。

「あたっ。おそかりし、か」

「和四郎どのにふさわしいおなごはきっと見つかる。焦らぬことだ」

伝馬船が浜についた。おきくをいつまでも見ているわけにはいかなかった。おきくにだけわかるようにそれとなく手を振ってから浜におりて、さっそく直之進は座礁している船を調べた。

「まちがいないようですね」

和四郎が直之進にいった。

「うむ、俺もそう思う」

残骸と化した船は、又太郎たちの乗っていた快速船にまちがいなさそうだ。

ただし、遺骸は一つも残されていない。そのことに、とりあえず直之進はほっとした。

あたりを見まわしたが、人影はどこにもない。風に消されることなく、砂浜に大勢の足跡が点々とついている。足跡の群れは北に向かっていた。

そのことを、伝馬船を漕いできた水夫に告げ、登兵衛に伝えてもらうことにした。

伝馬船を海に押しだすのを手伝った。伝馬船が波を切って、すいすいと幸晋丸に近づいてゆく。

直之進と和四郎は足跡を追いはじめた。

右手の海を幸晋丸が進んでゆく。風が出てきて、帆が丸くふくらんでいる。船足はかなりはやくなっていた。

途中で足跡が消えていた。

おかしいな。

「こっちに道があります」

和四郎が示す先に、松林に消えている道があった。だが、足跡はそちらにもない。

こっちの道を向かったのか。

ここで足跡が消えている以上、それしか考えられない。

いや、ここからまた船に乗ったというのも考えられる。迎えの船が来たのかもしれなかった。

どうすべきか。松林のなかに続いている道を行くことで、ほぼ気持ちはかたまっている。

その道を少し進んでみた。

「――これは」

直之進は砂のなかから根付《ねつけ》を拾いあげた。やった、と胸が打ち震える。

「なんですか、それは」

和四郎がきいてくる。

「根付のようですが」

「殿のものだ」

「えっ、まことですか」

うむ、といって直之進は和四郎に根付を見せた。

「獅子の上に蛙が乗っているんですか。珍しい図ですね」

「虎の威を借る狐ではないが、それと似たようなものだろうな。大名というのはもともとありもしない権勢を借りて威張っているようなものだ、と常々おっしゃっている。本気になれば、強いのは百姓衆のほうだと。いつも謙虚に、というお気持ちのあらわれだな」

「蛙が又太郎さまですか。なるほど、又太郎さまらしい。その根付はつまり、湯瀬さまへの伝言ですね」

「余は生きておるぞ、というところかな」

和四郎が、松林に向かって延びている道をのぞきこんだ。

「この道に入りますね」

「むろん」

直之進が答えると、和四郎が松林のほうへ向かうことを大きな身ぶりで幸晋丸の登兵衛に伝えた。登兵衛が了解の印に手を振ったのが見えた。

さくさくと砂を踏んで歩いた。

道は曲がりくねっていたが、あまり人けのない場所を選ぶように、戌亥（北西）の方向に向かっていた。

どのくらい歩いたものか、一刻ではきかない。深い雑木林を抜けた直之進たちの視野に、宏壮としかいいようがない建物が飛びこんできた。


段々になっている砂の丘の向こうに消えていった直之進と和四郎を、登兵衛は幸晋丸の上からいつまでも見送っていた。

船は満帆の半分程度の船足で進んだ。

きっと堀田正朝のほうから、動きがあるにちがいないと登兵衛は踏んでいた。

やがて九十九里浜は終わり、荒々しい岩だらけの景色に変わった。いくつもの角を突きだしているような岩が多い。それを強い波が洗っていた。

幸晋丸は銚子に来た。利根川の河口に湊がある。

このあたりでなにかあるのではないか。

登兵衛はそう読んでいた。

案の定、幸晋丸に一艘の小舟が寄ってきた。数名の侍が乗っており、銚子湊で停泊するようにいってきた。

幸晋丸は湊のなかに進み、岸まで半町ほどのところで碇をおろした。

もう一艘、別の小舟が近づいてきた。島丘伸之丞を連れて、この舟に乗るようにいわれた。

「又太郎さまはご無事なのか」

その答えをきかないで、島丘を連れだす気はなかった。

「むろん、無事でいらっしゃる」

今はその言葉を信じるしかなかった。

もし、ここで有無をいわさず島丘を奪い返しにきたらどうするか。

又太郎を無事で帰す気がない。そのことを明らかにしたようなものだから、そのときは島丘を連れて逃げるしかあるまい。

堀田正朝の罪を明らかにするための生き証人を、ただで失うわけにはいかなかった。

その覚悟を登兵衛は、徳左衛門に伝えた。

「承知した」

徳左衛門は深いうなずきで答えた。

登兵衛は徳左衛門とともに小舟に乗り移った。縛めをされたままの島丘も唐丸籠をだされて乗ってきた。島丘はいやな笑いを浮かべていた。

登兵衛たちを乗せた小舟は、利根川をのぼってゆく。

さすがに大河だけに、船の往来は激しい。高い帆が特徴の高瀬舟《たかせぶね》が多かった。鴨だけでなく、かもめもゆったりと羽を休めている。岸辺では、鷺《さぎ》や鴫《しぎ》の類が小魚をついばんでいた。

先導する小舟だけでなく、いつの間にかうしろにも侍を乗せた舟がついていた。前後をはさまれるというのは、さすがにいい気持ちはしなかったが、ここまで来た以上、じたばたしてもはじまらなかった。

これが最後の対決だろう。

そのことを登兵衛は感じ取っている。

これが終われば、長かったこの一件が落着する。

あと少しの辛抱だ。

登兵衛は自らにいいきかせた。

登兵衛たちの小舟はさして上流まで進まなかった。途中、左に折れ、船着場に入っていった。

その向こうに宏壮な屋敷が見えている。いかにも利根川の水運で財をなした者が住んでいそうな屋敷だ。贅を尽くしているのが遠目でもわかる。

ここに、又太郎さまはいらっしゃるのだろうか。

船をおり、桟橋から屋敷の門へと近づいていった。

五

ぐるりを塀がめぐっている。屋敷の表側は大河が流れていた。利根川だろうか。

直之進は塀を見あげた。優に一丈はある。忍び返しは設けられていないが、梯子《はしご》がないと越えられそうにない。

「湯瀬さま、ここはいったいなんの建物でしょうか」

和四郎がきく。

「堀田家の別邸だろう」

「ああ、そうか」

和四郎が納得する。

「湯瀬さま、どうしますか。いま忍びこみますか。それとも夜を待ちますか」

秋を思わせる陽が頭上から降っている。夕暮れの気配など、まだどこを探してもなかった。

「夜を待つ気はない」

「わかりました。裏口から入りましょう」

和四郎が余裕を感じさせる表情で笑いかけてきた。

「申しわけないですが、湯瀬さま、それがしを肩車していただけますか」

「届くか」

「なんとかいたします」

わかった、といって直之進は膝をついて頭を下げた。

「失礼します」

和四郎が直之進の首にまたがってくる。

「よいか」

「どうぞ」

直之進は全身に力をこめた。大人だけに軽くはないが、なんとか立ちあがることができた。

「湯瀬さま、申しわけない。それがしの股間を押しつけることになってしまい」

「主君を助けだすためだ。そのくらいは我慢するさ。どうだ、届くか」

「もう少しなんですが」

「和四郎どの、俺の肩に立て」

「しかし」

「かまわん、やれ」

「はい。それではお言葉に甘えさせていただきます」

和四郎が立った。肩に足が食いこんで、痛い。

「よし」

和四郎の声がきこえたと同時に、肩から重みと痛みが消えた。

見ると、和四郎が塀の上に這いつくばっていた。あたりの気配をうかがっている。

「では、これからおります。少々、お待ちください」

和四郎の姿が消えた。

直之進は、すぐ近くに設けられている裏口の前に立った。

鎖をはずすような音がし、扉がひらいた。和四郎が顔をのぞかせる。

「どうぞ」

直之進はすばやく身を入れた。和四郎が扉を閉める。

そこは裏庭だった。そばで草木が風に揺れ、ときを経たような灯籠や高価そうな石が配置されているが、ちょっとわびしい雰囲気がある。

直之進たちは一際大きな石のそばに行き、身をひそめた。

正面に母屋が見えている。右手に離れらしい建物が建っていた。

「又太郎さまは、この屋敷のどこかに押しこめられていらっしゃるのですね」

「まずな」

直之進は見渡した。

「これだけ広い屋敷で、まわりに人けがないのなら、なかでなにが起きても、外には届くまい。ひそかにことを進めるのに、これ以上の屋敷はあるまい」

又太郎さまたちはどこだろう。

直之進は目を閉じ、気配を探ることに集中した。

「離れか」

「あれですか」

右手に見えている離れを和四郎が指さす。

「ちがう。あれは無人だ」

「ほかに離れがあるんですね」

「ああ、これだけ広い屋敷だからな」

五町四方はあるのではないか。直之進は視線を前に投げた。

「離れの先の築山《つきやま》が見えるな。あそこまで行けば、建物が見えてくると思う」

ここからそこまで一町はある。

そちらから、実際にたくさんの人の気配が感じ取れた。又太郎たちと、それを逃げないように見張っている者たちではないか。

「よし、行こう」

直之進たちは立木沿いに進んだ。

築山の陰に来た。直之進と和四郎は築山をのぼった。地面に腹ばって、向こう側を眺める。

「離れはあれですか」

和四郎が腕を伸ばす。また一町ほど先の池のほとりに離れらしい建物があり、屋根が陽射しをやわらかく弾いている。

「それとも、あの細長い建物でしょうか」

母屋のうしろに、大寺でたまに目にする学寮のような建物がある。

直之進はまた目をつむった。

「あの離れのほうだな」

そちらから人の気配がしている。先ほどより気配は濃いものになっていた。

直之進と和四郎は立ち、築山からおりた。築山をまわりこんで離れに向かってゆく。

近づいてみたら、離れとはいいがたいくらい大きな建物だった。四間は優にあるのではないか。江戸のふつうの町屋より広く、屋根も高かった。

直之進たちは松の大木の前で足をとめた。

「この建物のどこに又太郎さまたちはいらっしゃるのでしょう」

和四郎がささやきかけてくる。

「奥の間のようだ」

「行きますか」

「うむ」

松の木の根元を出ようとして、直之進は背中でなにかを感じた。和四郎を突き飛ばし、自らは前に飛んだ。和四郎をかばった分、飛ぶのが遅れ、間に合わなかったか、と一瞬、覚悟した。

地面を転がり、すばやく立ちあがった。刀を抜き放とうとしたが、すでに眼前に影が迫っていた。直之進を完全に間合に入れ、刀を振りおろしてきた。

直之進は横に跳んだ。すぐさま刀が反転し、直之進を追ってきた。

刀はかろうじて直之進の体に届かなかった。直之進はまたも地面を転がった。

立ちあがろうとしたが、胸元めがけて光るものが迫っていた。

突きか。

直之進は地面に背中をついた。それしかよけようがなかった。

額をかすめるように刀がすぎてゆく。

次になにをされるか、直之進は瞬時に覚った。

体を横へ投げだす。いま体があったところに、刀が突き刺された。直之進はごろごろと転がった。刀が地面に突き刺さる音だけが耳に届く。

あっ。

先まわりされたのがわかり、あわてて体をとめた。

脇腹のすぐ横に刀が刺さった。肝が冷えた。

土に深く入りすぎて、抜くのにわずかに手間取った。

その隙に直之進は立ち、すばやくその場を離れた。すらりと刀を抜く。

近くで心配そうに和四郎が見ている。

「和四郎どの、そこを動くな」

「はい」

直之進は刀を正眼に構えた。目の前の侍を見つめる。

いったい何者だ。

歳はかなりいっているが、相当の遣い手だった。佐之助が殺したあの顔の変わる男に匹敵する腕といっていい。

堀田家中にこんな剣客がまだいたのか。

正直、直之進には驚愕に近いものがあった。

「うぬが湯瀬直之進か」

低い押し殺した声で侍がいった。

「そうであろう。この信じられぬしぶとさは、きいていた通りよ」

直之進はその言葉をきいて、目の前の侍が誰か、覚った。

「堀田備中守正朝か」

「老中首座を呼び捨てにするとは、片腹痛いの」

堀田正朝が振り返る。

「者ども、出合え」

離れから三十人ばかりの侍がばらばらと出てきた。

「殺せ」

いい置いて、堀田正朝が去ってゆく。三十人の侍が総がかりで殺せないはずがないと信じ切っている顔だ。確かにふつうに考えれば、その通りにちがいない。

「待てっ」

直之進は追った。だが、その前に侍たちに取り囲まれた。

ちっ。

直之進は怒りで血が沸騰していた。

「きさまら、どけ。どかぬと全員、斬り捨てるぞ」

だが、侍たちにその気はないようだ。全員が殺気を帯びていた。

「仕方あるまい。それでいいときさまらがいうのなら、全員、あの世に送ってやる」

直之進は、ここはすべて斬り捨てるしかないと本気で心を定めた。それしかこの場を抜けだせる手立てはない。

「来いっ」

それに応じたように踏みだしてきた若侍がいた。直之進より十近く歳が若い。斬るのにためらいがなかったわけではないが、ここは心を鬼にした。直之進は刀を振るった。胴に刀は入り、若侍が倒れた。次の侍は袈裟斬りにした。

胴、逆胴、袈裟斬りと刀を振るった。背後にあっという間に三つの死骸ができた。最初の二人と合わせ、もう五人殺した。

それでひるんでくれればありがたかった。だが、残りの侍たちから殺気は去らない。仲間を殺されたことで、むしろ熱が増した。

気合をこめて斬りかかってくる。

直之進は応じた。

袈裟斬り、胴、逆胴、突き、逆袈裟、下段からの振りあげ。

六人殺した。

また袈裟斬り、逆胴、袈裟斬り、胴、逆胴。

これで五人。

さすがに息が切れてきた。

まだ半分近く残っている。

直之進は、自分が無慈悲な悪鬼になった気分だった。生まれてから今日まで、ここまで多くの人を殺す日がやってくるとは夢にも思わなかった。なおも侍たちは斬りかかってくる。かなわないのがわかっているのにどうしてなのか。

直之進は刀を振るった。袈裟斬り、胴、逆胴、胴、袈裟斬り。

またも五人を斬った。

残るは九人。

ずいぶん減った。

侍たちは息をのんでいる。死ぬとわかっていて飛びこむのは怖い。当たり前だ。

俺は今いったいどんな顔をしているのだろう。返り血で一杯だ。

刀はまだ十分に斬れる。人の脂や血糊がつくと、斬れなくなるというが、あれはなまくらの話をしているのだろう。

又太郎から拝領したこの刀は、まったく斬れ味が鈍らない。

「来いっ」

直之進は怒声を発した。

「来ぬのなら、こちらからいくぞ」

直之進は地面を蹴った。

侍たちの輪がはじめて崩れた。直之進は躍りこんだ。刀を振るった。まわりが和四郎以外すべて敵というのはむしろいい。和四郎はじっと動かずにいる。動く者は敵なのだ。

直之進は刀を振り続けた。胴、逆胴、突き、下段から振りあげ、袈裟斬り、逆袈裟、胴、逆胴、袈裟斬り。

動く者はいなくなった。

直之進は振り返った。おびただしい死骸が転がっている。全員が死んではいないかもしれないが、とにかく戦えないように力は奪った。

四半刻の半分もかからなかったが、疲れ切っていた。このまま地面に倒れ伏したい。

だが、休んでなどいられない。

直之進は堀田正朝の消えたほうへと走りだした。

六

湯気の釈蔵の言葉に、嘘はないように感じられた。

あの必死にいい募った顔。

「あっしは人だけは手にかけないって誓っているんですよ。そうでなかったら、どうしてお釈迦さまにおすがりなんか、できるもんですかい」

富士太郎は、その言葉に一理あるような気がした。

珠吉も同感の意を示した。

二人で別戸屋に行った。

目の前を、納入されるらしいたくさんの寝具が運びだされてゆく。

もしかすると、これだけの老舗が潰れてしまうかもしれない。

多くの者が職を失う。贔屓の店が消え、残念がる得意先もきっと多いことだろう。布団をつくっているほうも、大きな販路をなくして、たいへんな痛手だろう。

こうしてみると、肩を落とす者ばかりが出てくる。

だからといって、人殺しを見すごすわけにはいかない。

「旦那、行きますかい」

珠吉が富士太郎の背を押すようにいった。

「うん、珠吉、行こう」

富士太郎は暖簾を払った。うしろに珠吉が続く。

「いらっしゃいませ」

笑みを浮かべた手代らしい男がすぐさま寄ってきた。富士太郎が町方役人であるのを認め、笑顔がややこわばったものになった。

「ちょっとあるじに話をききたいんだ」

「どのようなご用件でございましょう」

「それはあるじにじかにいうよ。取り次いでおくれ」

「はい、ただいま」

富士太郎と珠吉は奥の間に通された。風の通りがいい。嵐が去った昨日から、江戸にはいい風がずっと吹いている。飲む気はなかったが、だされた茶はきっとうまいにちがいない。ただ、重い気分を晴らしてくれるほどではなかろう。

「失礼いたします」

しわぶきのあと廊下から声がかかり、襖が静かに横に引かれた。

別戸屋のあるじである吉右衛門の顔があらわれた。

「これはお役人、ようこそおいでくださいました」

「あまりうれしくないんじゃないのかい」

「はて、そのようなことはございませんが」

「まあ、こっちに来なよ」

はい、といって吉右衛門が膝行《しっこう》する。手をそろえた。

「そんな堅苦しい真似はいらないよ」

「はい」

富士太郎は吉右衛門を見つめた。吉右衛門はしばらく視線を合わせていたが、根負けしたようにうつむいた。

「盗人はつかまえたよ」

富士太郎はなんでもないことのようにさらりといった。

吉右衛門がぴくりと肩を震わせる。目をあげた。

「それはようございました」

「おまえさんにとって、いいことではあるまいよ」

「どうしてでございますか」

「盗人は湯気の釈蔵というんだ」

富士太郎はどういうわけでそう名乗ったのか、いわれを教えた。

「そういうことで、湯気の釈蔵は決して人を殺めたりはしないそうだよ」

「それはいいわけでございましょう。死罪になるのをなんとか避けようとしているのでございますよ」

「それがそういうわけにはいかないんだよ。湯気の釈蔵は十両以上盗んでいるから、人を殺そうが殺すまいが、もう死罪が決まっているんだ。しかも、仮に押し倒したというおまえさんたちの言葉が真実なら、殺す意志はなかったんだから、過失ということになり、刑は下手人《げしにん》ということになる。死をたまわる刑のなかで、最も軽いものだ。十両以上盗むと、死罪になる。これは、死骸は試し物にされる。でも下手人はされない。そのくらい刑の軽重がちがう。おまえさんも知っているだろう」

「はあ」

「だから今さら、人を殺したのに殺してないなんていう必要は、湯気の釈蔵にはないんだよ」

わかるかい、と富士太郎はいった。

「はあ」

富士太郎は別戸屋の主人を見つめた。

「さあ、すべてを話しておくれ」

できるだけやさしくいった。

吉右衛門は逡巡していた。

「茶を飲むかい」

富士太郎は、自分の前にある茶托を押しだした。

「ありがとうございます」

吉右衛門は湯飲みの蓋を取り、茶を喫した。ふう、と吐息を漏らした。

湯飲みを茶托に戻す。大きく息を吸った。決意をかためたように見えた。

襖でへだてられた隣の部屋に、誰かが入ってきたような気配がした。

「番頭の聡吉を殺《あや》めたのは、手前でございます」

「おまえさんかい」

富士太郎は目をみはった。

「どうして殺したんだい」

「手前は、以前から聡吉のことを気に入りませんでした。あまり手前のいうことをきかないもので、腹に据えかねていました。それであの泥棒騒ぎを利用して、うしろから文鎮で殴り殺しました」

「文鎮が凶器かい」

「はい」

「どこにある」

「川に捨ててしまいました」

「どこの」

「近くの川です。いえ、大川にございます」

「どっちだい」

「大川です」

富士太郎はちらりと珠吉を振り返った。珠吉が見返してきた。同じことを思っているのが瞳の色で知れた。

「おまえさん、嘘をつくんじゃないよ」

「えっ、どうして嘘などと。手前は真実をいっています」

「誰かをかばっているね」

「そのようなことはありません」

「誰をかばっているんだい」

たたみかけるようにするのは同心の性《さが》というべきものだが、富士太郎には心苦しいものがあった。

「手前です。手前がやりました」

吉右衛門がいい募る。そのときいきなり横の襖があいた。吉右衛門の女房が飛びこんでくる。

「主人は私をかばっているんです。私が殺《や》りました」

今度は女房か。

「どうして殺した」

「聡吉さんと密通していたからです。それが主人にばれそうになって」

富士太郎は眉をひそめた。

「それが今になって、旦那の前で白状しちまうのかい」

「主人が私なんかをかばって身代わりになるのは、耐えられません」

「おまえさんも嘘をついているな」

「ついていません」

「じゃあきくけど、いつどこで聡吉さんと密通していたんだい」

「店のなかです」

「店のどこだい」

「私たち夫婦の部屋です」

「いつ」

「店がひらいているときです」

「一番忙しいときかい」

「はい、そうです」

「一番忙しいときに番頭が見えなくなっても、この店は大丈夫なのかい」

「ちがいました。少しだけ暇なときです」

「少しでも暇になったとき、あるじはどこにいるんだい。夫婦の部屋に来るなんてことはないのかい」

「ありません」

「はい、手前はずっと店のほうにいますから」

富士太郎は吉右衛門をにらんだ。

「なんだい、おまえさん、女房のせいにするつもりなのかい」

「いえ、そのようなことはありません」

「いいかい」

富士太郎は声を大きくした。

「おまえさんたちは両方とも手をくだしていないんだよ。おまえさんたちがかばうとしたら、一つだね。どっちが殺ったんだい」

娘かせがれか。

「私がやりました」

疲れ切った顔でいって、隣の間からふらふらと姿をあらわしたのは、娘だった。ぺたんと畳に座りこむ。

「おたみ、出ていきなさい」

吉右衛門が叱るようにいう。

「私が聡吉さんを殺しました」

「おたみ、やめなさい」

「どうして殺したんだい」

富士太郎はおたみにきいた。

「私の岡惚《おかぼ》れです。私には両親が決めた許婚がいます。それにもかかわらず、私、聡吉さんがあきらめきれなかった。それで告白したんです。でも結局、一緒になる人がいるということで聡吉さんには袖にされました」

「そのことをうらみに思っていたのかい」

「いいえ、袖にされて、私、むしろすっきりしていたんです。これで気持ちよくお嫁に行けるって」

富士太郎は黙って次の言葉を待った。珠吉も両親もじっとおたみを見ている。

「でも、この前の盗人騒ぎの折り、私の前にいた聡吉さんを見ていたら、なにかむかむかして、気づいたら文鎮で頭を殴りつけていました」

親も奉公人も娘の罪には口をつぐみ、湯気の釈蔵に濡衣《ぬれぎぬ》を着せた。

「盗人がつかまれば、すべては明らかになる。この日がくるのはわかっていました」

おたみはおとなしく縛についた。

その後、娘は死罪に決まった。女の場合、罪一等を減じられることが多いが、やはり人を殺した罪は重い。両親は遠島に決まった。奉公人たちはすべて江戸十里四方払《しほうばらい》か軽追放になった。別戸屋の財産は没収され、店は潰れた。

七

どこだ。
直之進は駆けた。
「あの建物はちがいますか」
うしろについている和四郎が指をさした。
どこか役所のような建物だ。あそこかもしれない。
正朝がこの別邸に来たとき、執務ができるようにしてある建物ではないか。
直之進は玄関からなかに飛びこんだ。式台から廊下に走りこむ。
駆けた。
いきなり陽射しが満ちた。
白州のように白い砂が敷き詰められているところに直之進は出た。
「直之進っ」
琢ノ介の声がした。
視線を走らせた。

白州の端に又太郎と琢ノ介が縛めをされて立っていた。反対側に登兵衛と徳左衛門、島丘がいる。

手に刀を握っている堀田正朝が目をむいた。

「きさま、どうして」

直之進はにらみつけた。血刀をかざしてみせる。やわらかな陽射しを浴びて刀身が鈍く光る。

「理由は一つだろう」

正朝が息をのむ。

「全員、殺したというのか」

「ああ、三十人もの家臣が死んだのは、すべてきさまのせいだ」

血刀を握ったまま直之進は躍りかかろうとした。

「やめろっ」

正朝が又太郎の首に刀を添えた。

直之進は足をとめざるを得なかった。

正朝が登兵衛に視線を移す。

「伸之丞を放せ」

「同時だ」

登兵衛がいい返す。

「よかろう」

行け、と堀田正朝が又太郎の背を押した。同時に抜き打ちざまに斬ろうとした。容赦ない斬撃だった。

あっ。直之進の口から声が漏れた。

だが、その前に人影が飛びだしていた。その影が又太郎を押し倒した。斬撃は空振りとなった。

人影は佐之助だった。

「どうしてここに」

直之進はつぶやいた。

佐之助が直之進の声がきこえたように、小さく笑う。

「成り行きだ」

一転して鋭い声を放ってきた。

「又太郎どのは俺が守る。きさまは存分にやれ」

正朝に向けて、顎をしゃくる。

「恩に着る」

直之進は怒りにまかせて猛進した。相手が老中首座だろうと、もはや関係なかった。

いや、はなから関係なかった。又太郎をかどわかした時点で、斬り殺すと決意をかためていた。

やるに事欠いて、我が主君を人質交換のために力ずくで連れ去るなど、万死に値しよう。この手の男は、あの世にすっぱり送らぬと、きっとまた同じことを繰り返す。

容赦なく殺らねばならぬ。

直之進は自らによくよくいいきかせた。

「おのれっ」

直之進の気迫を感じ取ったか、顔を紅潮させて正朝が斬りかかってきた。

直之進は袈裟斬りをかわした。胴も、逆胴もかわした。

正朝は遣い手だ。攻撃はあの顔の変わる男に匹敵する。

直之進は途中で倉田佐之助に代わったとはいえ、あの顔の変わる男とやり合っている。堀田正朝の斬撃はあの男以上ということはなかった。

避け続けるのは、大儀ではあったが、刃筋はよく見えた。

かわし続けるだけで、反撃に出てこない直之進に、おのれっ、と正朝は怒号を発した。業を煮やしたように脇差を抜く。

二刀流だ。

直之進ははじめて見た。さすがに一瞬、目をみはった。

だが、気後れするようなことはない。この男をあの世に送りこむ。それだけを今は考えている。

この男を殺せば、これまでの長かった一連の事件の幕が完全におりるのだ。

正朝は刀と脇差を交差させ、一気に迫ってきた。足さばきはさすがとしかいいようがない。

刀が振りおろされ、斜めに振りあげられる。直之進は下がってかわした。

脇差が突きだされた。直之進は横に動いて避けた。

脇差は、直之進の腹から下ばかり狙っていた。刀は胸から顔にかけてだ。

しかも正朝は腕が長く、刀は思った以上に伸びてくる。

直之進はそれでもかわし続けた。隙を探していた。

よほど毎日、鍛錬しているのか、正朝に疲れは見えない。へばるのを待つのはむずかしそうだ。

どうすればいい。

直之進はなおもよけながら、正朝を見つめた。

両腕をつかい、包丁を振りまわす要領で両側からはさみこむようにするときもある。

――これは。

やれるだろうか。もしやれなければ、死が待っている。

なおも正朝は刀と脇差を振るってくる。斬撃のはやさに衰えはない。さすがにはやくなることはないが、すばらしい遣い手としかいいようがない。

もったいない。これだけの腕を持ちながら、悪事ばかり考えているとは。

また正朝が両腕をつかって、はさみこむような剣を用いた。直之進はうしろに跳びすさってよけた。

すぐに白砂を蹴り、突っこんだ。

刀を真っ向から振りおろす。

肉を斬り、骨を断つ手応えがあった。

正朝の腹に大きな傷ができていた。そこから血がぼたぼた落ちていた。

「なにっ」

正朝が目を見ひらいた。

刀を振ってきた。直之進はよけた。正朝がその勢いのまま白砂に倒れこんだ。

鮮血が砂を染めてゆく。すぐにどす黒いものに変わった。

しばらく痙攣していた。正朝が最後の力を振りしぼり、直之進を見た。

「どうして飛びこめた」

かすれ声できく。

「あの両腕をつかった斬撃のあと、腹に隙ができるのが見えた」

「そうなのか」

正朝が目を閉じる。またあいた。

「刀を引き戻すのが遅れるのだな」

「そういうことだ」

「まだまだ鍛錬が足らなんだか」

力尽きたように目を閉じる。がくりと首を落とした。顎が白砂に沈む。刀を握った指先がわずかに動いていたが、やがてそれもとまった。

ふう。

直之進は息をついた。

終わった。

又太郎を見た。

満面の笑みを浮かべて、近づいてきた。その前に琢ノ介が飛びついてきた。

「琢ノ介、きさま、なにをする」

「いいではないか」

直之進は無理に引き離した。

「倉田は」

「消えた」

又太郎が答えた。

「あの男、座礁した船からわしたちを助けてくれた水夫に似ていたな」

そうか、そういうことか。

直之進は納得した。

やつはあの快速船にひそんでいたのだ。

ということは、と思って直之進は少し笑いが出た。

やつもあの嵐を経験したのだ。

千石船より小さい船だから、隠れるところに苦労したのではないか。空《から》になった水の樽にでも身をひそめていたのか。

これで本当に江戸に戻ったのだろう。


すべては闇に葬られることになるだろう。

又太郎がかどわかされたことも、堀田正朝が斬り殺されたことも。

堀田備中守正朝の死は、正式に病死と発表されるにちがいない。跡は養子が継ぐことになるはずだ。

堀田家は、なにごともなく存続するのである。

又太郎は江戸屋敷で休息したのち、陸路で沼里に帰るという。もう船はこりごりだと笑っていた。


両国橋の袂で、登兵衛、和四郎、徳左衛門の三人が、直之進とおきくにわかれを告げた。

「湯瀬さま、ありがとうございました」

登兵衛が深々と頭を下げる。万感きわまった顔をしている。

それも無理はない。堀田正朝が死んだことで、これまで負っていた肩の荷をおろすことになったのだから。

登兵衛がにこやかな笑みを浮かべ、首を振る。

「なにかこれで終わりというのが、嘘のような気がしてなりません」

「俺もだ」

まだ戦い続けなければならない敵がいるような気がする。

「それがし、正直に申しあげれば、湯瀬さまとともにもっと戦い続けていたい」

直之進も同感だ。深くうなずいてみせる。

「それだけ長い戦いだったということだな。敵は恐ろしく強大だった」

「はい、まことにその通りにございます。湯瀬さまのお力添えのおかげで、倒すことができました」

「俺などたいしたことはしておらぬ」

直之進は本心からいった。小さく笑みを漏らす。

「堀田正朝を倒すのに、最も力を発揮したのは倉田佐之助だろう」

今、どうしているのだろう。千勢とともに再会を果たしたのか。

あの二人はどうするのだろう。本当に所帯を持つ気なのか。

登兵衛の言葉が耳に入ってきた。

「いえ、湯瀬さまの粘り強い戦いぶりに、それがし、どれだけ力づけられたことか。湯瀬さまが最も大きな手柄を立てられたことは衆目の一致するところ、異論をはさむ者はありません」

「そういわれると、これまでしてきたことが無駄でなくなる気がする」

なにしろ最後には、三十人もの堀田家の家臣を斬り殺すことになったのだから。

「無駄など、そのようなことがあるはずがございません」

登兵衛が力説する。

直之進は真摯に見つめた。

「登兵衛どののあるじの勘定奉行、そしてその上にいる老中に、俺は望みたいことがある」

「なんでございましょう。恩賞にございますか」

直之進はかぶりを振った。

「そんなものはいらぬ。いいたいことがあるだけだ」

「はい」

「庶民のために政《まつりごと》をしてほしい、ただそれだけだ。不正のない、庶民が苦しまず、暮らしやすい政をしてくれれば、ほかになにもいうことはない」

登兵衛が胸を打たれた顔になる。

「承知いたしました。必ず伝えます」

登兵衛が見つめ返してきた。

「湯瀬さま、またそのうちお会いできるでしょう」

登兵衛が杯を持つ手をつくる。

「そのときは一献《いっこん》、傾けましょう」

「うむ、是非」

「湯瀬どの、名残惜しい」

徳左衛門が目に涙を浮かべていった。直之進は深く顎を引いた。

「それがしも」

「しかし、わしはもうお払い箱だからの、また米田屋に世話になるつもりだ」

「米田屋も喜んで仕事を探してくれるでしょう」

「我が家としましても、徳左衛門さまほどの腕前なら仕官をお願いしたいところでございますが、なにぶん、台所の事情が逼迫《ひっぱく》しておるのはどこも同じでございまして」

「とりあえず屋敷に送ってゆく。これがわしの登兵衛どのに対する最後のご奉公じゃな」

直之進は和四郎に視線を移した。和四郎は涙で頬を濡らしていた。

「なにも泣くことはあるまい」

「これでおわかれだなんて、それがしは信じられません」

「出会いにわかれはつきものだ。和四郎どの、またすぐに会えるさ」

「まことですか」

「まことよ。互いに江戸にいるわけだし、会おうと思えばいつでも会える」

「そうですよね」

和四郎が泣き笑いの顔になる。

「湯瀬さま、きっと飲みましょう」

「ああ、必ずだ」

三人とわかれて、直之進はおきくとともに小日向《こひなた》東古川《ひがしふるかわ》町に戻った。

直之進の腹は決まっている。光右衛門に、おきくと一緒になる許しをもらうつもりでいた。

まさか米田屋は断らぬだろうな。

それだけが心配だ。

あの親父は狸《たぬき》ゆえな。

直之進たちは米田屋の暖簾を払った。

「ただいま」

おきくが弾んだ声をあげる。

しかし、米田屋は沈んでいた。

「どうしたの、なにかあったの」

おきくがおあきに声をかける。

「あっ、おきく。お帰りなさい。おとっつあんと一緒じゃないの」

「ええ、ちがうわ。おとっつあんがどうかしたの」

「それが五日前に、湯瀬さまやおきくを迎えにいくって品川に行って、それきりなの」

「五日もたっているのに、帰ってこないの」

「そうなのよ」

おれんが疲れ切った顔でいった。

「これから品川に行こうと思っているの」

「じゃあ一緒に行くわ」

「疲れていないの」

「平気よ」

直之進もうなずいた。

「俺も行こう」


光右衛門はその朝、朝餉を少し食したのち、ふらふらと酔いの抜けない体で品川の海べりを歩いていた。

そこに見知らぬ人がやってきた。

「おはようございます」

光右衛門は挨拶し、横を通り抜けようとした。

いきなり腹を殴られた。

うっ。

うめき声をあげ、浜に膝をついたところを首筋に打撃を受けた。

目の前が暗くなる。そばの駕籠に押しこめられたのがわかったが、そこまでだった。

最後に光右衛門がきいたのは、風が砂をさらってゆく音だけだった。

この作品は双葉文庫のために書き下ろされました。

双葉文庫

す-08-13

口入屋用心棒《くちいれやようじんぼう》

荒南風《あらはえ》の海《うみ》

2009年5月17日　第1刷発行
2022年3月 8日　第8刷発行

【著者】
鈴木英治《すずきえいじ》

【発行者】
箕浦克史
【発行所】
株式会社双葉社
〒162-8540 東京都新宿区東五軒町3番28号
［電話］03-5261-4818(営業部)　03-5261-4833(編集部)
www.futabasha.co.jp（双葉社の書籍・コミックが買えます）
【印刷所】
株式会社新藤慶昌堂
【製本所】
株式会社若林製本工場
【カバー印刷】
株式会社久栄社
【フォーマット・デザイン】
日下潤一

ISBN978-4-575-66378-5 C0193
Printed in Japan

秋山香乃
からくり文左　江戸夢奇談
風冴ゆる
長編時代小説〈書き下ろし〉
入れ歯職人の桜屋文左は、からくり師としても類まれな才能を持つ。その文左が、八百八町を震撼させる難事件に直面する。シリーズ第一弾。

秋山香乃
からくり文左　江戸夢奇談
黄昏に泣く
長編時代小説〈書き下ろし〉
文左の剣術の師にあたる徳兵衛が失踪した日の夕刻、文左と同じ町内に住む大工が、酷い姿で堀に浮かぶ。シリーズ第二弾。

秋山香乃
伊庭八郎幕末異聞
未熟者
長編時代小説〈書き下ろし〉
心形刀流の若き天才剣士・伊庭八郎が仕合に望んだ相手は、古今無双の剣士・山岡鉄太郎だった。山岡の〝鉄砲突き〟を八郎は破れるのか。

鈴木英治
口入屋用心棒
逃げ水の坂
長編時代小説〈書き下ろし〉
仔細あって木刀しか遣わない浪人、湯瀬直之進は、江戸小日向の口入屋・米田屋光右衛門の用心棒として雇われる。好評シリーズ第一弾。

鈴木英治
口入屋用心棒
匂い袋の宵
長編時代小説〈書き下ろし〉
湯瀬直之進が口入屋の米田屋光右衛門から請けた仕事は、元旗本の将棋の相手をすることだったが……。好評シリーズ第二弾。

鈴木英治
口入屋用心棒
鹿威《ししおど》しの夢
長編時代小説〈書き下ろし〉
探し当てた妻千勢から出奔の理由を知らされた直之進は、事件の鍵を握る殺し屋、倉田佐之助の行方を追うが……。好評シリーズ第三弾。

鈴木英治
口入屋用心棒
夕焼けの甍《いらか》
長編時代小説〈書き下ろし〉
佐之助の行方を追う直之進は、事件の背景にある藩内の勢力争いの真相を探る。折りしも沼里城主が危篤に陥り……。好評シリーズ第四弾。

鈴木英治
口入屋用心棒
待伏せの渓《たに》
長編時代小説〈書き下ろし〉

堀田備中守の魔の手が故郷沼里にのびたことを知り、江戸を旅立った湯瀬直之進。その道中、直之進を狙う罠が……。シリーズ第十二弾。

築山桂
家請人克次《いえうけにんかつじ》事件帖
夏しぐれ
長編時代小説〈書き下ろし〉

訳あって岡っ引きを辞め、深川で家請人業を営む克次。身投げしようとしていた大店の娘を救ったことで身辺が慌しくなる。シリーズ第一弾。

築山桂
家請人克次《いえうけにんかつじ》事件帖
冬の舟影《ふなかげ》
長編時代小説〈書き下ろし〉

克次が営む大和屋に訪れた、宿なしの兄妹の妹お峰が行方不明になった。探索にのり出した克次だったが……。好評シリーズ第二弾。

築山桂
家請人克次《いえうけにんかつじ》事件帖
春告げ鳥
長編時代小説〈書き下ろし〉

船宿の主人の不審死を調べてほしいと頼まれた家請人の克次。さっそく探索にのり出した克次を兇刃が襲う！ 好評シリーズ第三弾。

築山桂
緒方洪庵　浪華の事件帳
禁書売り
長編時代小説

思々斎塾で蘭学を学ぶ若き日の緒方洪庵と、男装の美剣士左近が、大坂の町で起こる難事件に挑む、新シリーズ第一弾。

築山桂
緒方洪庵　浪華の事件帳
北前船始末
長編時代小説

思々斎塾で学問の日々を送る緒方章（のちの洪庵）は、北前船の隠し荷をめぐる争いに巻き込まれる。好評シリーズ第二弾。

誉田龍一
本所七不思議捕物帖
消えずの行灯《あんどん》
時代ミステリー短編集

黒船来航直後の江戸の町で、七不思議に似た奇怪な死亡事件が続発。若き志士らがその真相を追う。第二十八回小説推理新人賞受賞作。